U0893879

汤姆·斯威夫特和斥力空中公路

【英】维克多·阿普尔顿Ⅱ 文
燕锐锋 等图
刘庆双 等译

江西·南昌
江西科学技术出版社

图书在版编目（CIP）数据

汤姆·斯威夫特和斥力空中公路 / (英) 维克多·阿普尔顿Ⅱ文；燕锐锋等图；刘庆双等译. -- 南昌：江西科学技术出版社, 2018.3（2024.1重印）
（汤姆·斯威夫特丛书）
ISBN 978-7-5390-5891-7

Ⅰ. ①汤… Ⅱ. ①维… ②燕… ③刘… Ⅲ. ①儿童故事－英国－现代 Ⅳ. ①I561.85

中国版本图书馆CIP数据核字(2017)第049771号

国际互联网(Internet)地址：http://www.jxkjcbs.com
选题序号：KX2016061
责任编辑：郭绪书

汤姆·斯威夫特和斥力空中公路 〔英〕维克多·阿普尔顿Ⅱ 文；
TANGMU SIWEIFUTE HE CHILI KONGZHONG GONGLU 燕锐锋 等图；刘庆双 等译

出版发行	江西科学技术出版社
社址	南昌市蓼洲街2号附1号 邮编：330009 电话：（0791）86623491 86639342（传真）
印刷	三河市嵩川印刷有限公司
经销	各地新华书店
开本	700mm × 1000mm 1/16
字数	114千字
印张	11
版次	2018年3月第1版 2024年1月第2次印刷
书号	ISBN 978-7-5390-5891-7
定价	39.00元

赣版权登字-03-2017-66

前言 QIANYAN

人总是离不开阅读，特别是在现代化信息时代，阅读无疑更是我们难求的一片宁静港湾，让我们有机会去感受、去体悟、去反思、去认证我们的这个世界和未来的世界。

科幻小说是一种起源于近代西方的文学体裁，在尊重科学结论的基础上进行合理设想后形成的文学作品，具备“逻辑自洽”“科学元素”“人文思考”三个要素。科幻小说与一般的传统小说不同，其特殊性在于它与科学技术的发展有着直接的联系，能让读者间接了解到科学原理。但它又是一种文艺创作，它扎根于社会现实，反映社会现实中的矛盾和问题，在科学技术发展的方向上，提供若干有参考价值的预见。有时，某些科学发明尚未出现，科幻小说里则已经进行生动的描绘，如潜水艇、机器人和宇宙航行等。

著名文学评论家布哈伊·哈桑曾说，科幻小说可能在哲学上是天真的，在道德上是简单的，在美学上是有些主观的，或粗糙的，但就它最好的方面而言，它似乎触及了人类集体梦想的神经中枢，解放出我们人类这具机器中深藏的某些幻想。

阅读科幻小说至少让我们有如下的感受：

一、文学的轻松愉悦

科幻小说的主题非常明显，它会涉及“未来”和“未知”、“科学”和“规律”、“生命”和“文明”、“生存”和“冒险”等等，每一本科幻小说都是一个全新的世界，每一次阅读都是一段全新、充满惊喜的精神旅程。

二、科学与严谨的想象

爱因斯坦说过，想象力比知识更重要，因为知识是有限的，而想象力概括着世界上的一切，推动着进步，并且是知识进化的源泉。通过阅读科幻小说，感悟其中的想象力，在人文、哲理的思索上，在思想道德意识的增强上所起到的作用是潜移默化的、是发散性的，其威力是不可估量的。

三、引发科学与理性的思考

科幻小说中的“科学方法”是一种有系统地寻求知识的程序，涉及“问题的认知与表述”“观察与实验搜集证据”“假说的构成与测试”。简单地说就是一个科学理论要经过观察、解释、预测、确认、评估、发表的程序，才能从一个假设发展成原理。科幻小说的“理性思考”就是遵从客观规律、进行逻辑分析的思考方式。

《汤姆·斯威夫特》系列曾是国外流行的科普小说，书中很多的科幻内容今天都已经变成了现实，它曾影响了几代读者，它伴随了很多人的成长。现以中文出版此书，相信书中的情节与科学，也会给中国读者带来同样的快乐体验。

目录 MULU

第一章 怪娃娃

“你管这个自动在天空写字的飞机叫什么名呢？”巴德·巴克利问。

他的朋友，小汤姆·斯威夫特正在驾驶一个新型的直升机飞过卡罗帕湖，这个外形奇特的飞机正在空中喷着发光的气体。

“快看，”汤姆说，“我在用这个传感器的笔尖描图时，计算机会驾驶飞机，按照这个图形书写。”

飞机马上开始转弯，做出技术动作，用发光的气体写出如下的文字：

这是斯威夫特新的写字直升机

“噢！广告家梦寐以求的效果！”巴德大声说。

两个18岁的男孩坐在双引擎直升机上方的控制室里，它的机身像是一个巨大的电视机，里面装有写字的设备。

突然巴德看到湖对面的森林公园保护区升起了一股浓烟，这让他大吸了一口凉气：“我的老天爷，森林着火了！”

汤姆是一个瘦高身材的男孩，快速驾驶飞机朝着森林的方向飞去。在飞机到达冒烟地点附近时，发热的气体把飞机一下子推高很多。

“这是一场真正的大火！”巴德说。

“而且这里还没有瞭望站。”汤姆紧张地低声说。

透过浓烟，可以看到红黄色的火舌从一棵树上跳到另一棵树上，火向公园的主路窜去。

“树枝的跨度很大，火舌很容易跳到路的另一侧！”汤姆大声说，“如此一来，公园里所有的人就无法逃出去了！”

黑头发的副驾驶全身不禁抖了一下，问：“考虑一下我们把直升机降在路上？”

“没有那么大的空地呀，这会损坏我们的螺旋桨的。”

汤姆驾驶着飞机在树林上方绕着大圈，他们发现有好几处的地方很多人正在吃野餐。

汤姆严肃地说：“他们一点儿都没有意识到已经着火了！我要用无线电告诉企业集团提示州警察局。”斯威夫特企业集团是一个巨型的实验站，有自己的飞机场，但是汤姆和巴德都意识到，不太可能有希望通过巡逻警车或骑警队及时发布警报。

“我们尽可能下降直升机的高度。”巴德建议说。

汤姆把飞机降到了树冠的高度，巴德探出身子向坐在野餐桌旁边的人们大喊着，但飞机的引擎声把他的喊声淹没了，下面的人们只是大笑了一下，然后向他们挥挥手——很明显没有意识到可能的危险。

“天呀！没法跟他们说明白！”巴德失望地大声说，“给我放下一个梯子，汤姆，我要到地面上直接告诉他们！”

年轻的发明家汤姆摇摇头：“没有来得及告诉一半人，你自己就会被困在这里的，飞行男孩。”

“但我们必须得想一些办法呀！”巴德坚持说。

“我们会想出办法的，”汤姆平静地回答，“在你提到这个写字机是广告商的梦想时，我就想给你解释它的用途，现在你就能看到它的一个用途了！”

汤姆让直升机直线向天空飞去，他开始用传感器控制面板写字：

森林大火！不要紧张，请马上离开！

公园主路已经无法通行，请使用西侧的出口。

汤姆在控制面板上写着，飞机自动在天空用发光的红色字母写出大字，然后汤姆打开空中书写器颜色转换开关，又补上了一笔绿色的箭头，指向最佳出口的方向。

“哥们儿，这是发明救火车以来最伟大的发明了！”巴德大声说，“这些字在天空中能维持多长时间才会散去？我不关心你使用的是油墨还是气体。”

“这些线条会因为气流而有一些移动。”汤姆补充说，如果箭头被气流弄偏了，他会把它擦去再画一个。“但是上面的字母会非常清晰，几个小时后才可能散去。”

汤姆解释说，用作“天空染料”的彩色气体含有惰强漆离子，这是汤姆从核反应洞穴中提取的一种物质。在实验室里，这种物质接受放射线照射后形成了持续的高能量场，能把气体分子粘在一起。

汤姆天空中的警报在野餐者们那里马上起到了巨大的作用，他们熄灭了自己做饭用的火，迅速向西门出口走去。

“那边儿救火队员过来了！”巴德大声说，有几辆救火车高速地向保护区开来了。

与此同时，汤姆用地毯式搜索的方式在树林的上方飞行，确保所有的宿营和野餐的人们都安全上路并离开。他很满意地看到大家都已经安全后，又回到了火场。

这时的大火已经变成了火海，火舌卷着浓烟非常凶猛。救火队员们在火舌的侧面向上面喷水，部队战士和志愿者们紧张地用推土机和斧头开出防火隔离带。

“想救保护区，他们已经来不及了。”巴德低声说。

汤姆也在想着同样的问题，他给州警察指挥车发无线电，告诉他们保护区内应该没有人了，问是否需要他来帮助救火。

“当然需要帮助！”罗克警长回答说，“保护区在这个时节着火是很少见的，没有可以调用的空中加油飞机。”

“请稍等，”汤姆用无线电回复，“可能我会帮上你。”

他马上和企业集团联系，命令把托马塞特乳状液大罐快速运送到飞机场，托马塞特是年轻发明家汤姆的爸爸发明的一种非常神奇的绝缘塑料，老汤姆·斯威夫特把这种塑料制成液体，用作

灭火剂。

几分钟后，这两个男孩降落在斯威夫特实验机场。这是一个巨大的10平方千米封闭区，星星散散地分布着闪亮的现代研究实验室和生产车间。

他们从直升机上下来的时候，汤姆向巴德解释说，“当时设计这个直升机的时候，我想让机身能适应多种用途，例如喷洒粉剂和水剂农药，防火，或是空中运输。”

在汤姆的监督下，人们快速地从机身上取下天空书写的设备，安上托马塞特乳状液大罐，然后接好了操作控制系统，整个更换的过程在15分钟内全部结束。

两个年轻人马上驾驶直升机奔向保护区，现场的人们已经架好移动电视摄像机来拍摄救火场面，这时记者们对准了天上飞来的形状奇怪的直升机。

“我们带来了一大罐灭火剂，”汤姆用无线电告诉罗克警长，“我马上就开始行动。”

“非常感谢，汤姆！祝你好运！”对方回答。

汤姆把直升机开到大火的上方，一阵热浪扑到飞机的驾驶舱上。只有汤姆娴熟的驾驶技术才能在这热浪上升气流中保持平稳的飞行。

“天呀！我们好像是把头伸进了壁炉里看火一样！”巴德紧张地喘着气，用手遮着刺眼的火光。

汤姆已经打开了大罐的阀门，巴德来到飞机的后面，看着由这个空中书写机在尾部注入的托马塞特乳状液。

“真是太神奇了，汤姆！”他告诉汤姆，“看起来能把火浇灭。”

经过火区上空的几个来回后，汤姆完全控制住火焰了。

“对不起，我的大罐已经空了，”汤姆在无线电里说，“否则的话我会替你把所有的火给熄灭的。”

“不用了，火势已经控制住了，”罗克警长回答说，“汤姆，电视台的记者们请你降落下来接受采访，你是我们的英雄！”

年轻的发明家汤姆呵呵地笑了：“你全权代表了，警长，你接受他们的采访吧，巴德和我是客串救火队员。”

飞机降落在企业集团的机场，汤姆打电话告诉通管一切的秘书小姐特伦特，他没有时间接待记者们，然后他和巴德乘吉普车去汤姆玻璃墙的实验室。

“哥们儿，我说，你的新写字器大获成功，”巴德脸上一直带着笑容，坐在实验室的凳子上，“给我再多说一些。”

“我发明这个天空书写器的主要目的，”汤姆解释说，“是在发生灾难的时候使用，这可以向受灾区的人们发送信息，这时一般的无线电已经不能使用了。”

巴德点点头：“你发出的警报给那些野餐的人一个很好的提示，这是最好的证明。”

“我还有一个想法，”汤姆接着说，“在能见度不好的情况下，还可以用这种方法标出一个发光的飞行航道。”

“如果有风能行吗？”巴德反问道，“你说在天上留下的线条可能会飘动或飘移。如果线条乱了，可能会让飞来的飞机撞上别的飞机。”

“是的，但是，你看，离子化的气体可以用机场投射的磁力线紧紧地固定在一条线上。”

这时有人在敲门，两个漂亮的姑娘走进实验室。

“嗨，菲利斯！嗨，桑迪！”汤姆大叫着，巴德也大声地打了招呼，两个男孩边说边站起身来。

“我们来的目的就是看看你们两位英雄是不是都非常安全。”桑迪开着玩笑地说，她是汤姆的妹妹，今年17岁，常常和巴德一起出去玩。

“另外，还想听你们讲讲森林大火的第一手紧张故事。”菲利斯·牛顿接着说，菲利斯是有着一头褐色头发的女孩，跟桑迪同岁，是奈德·牛顿的女儿。奈德和老汤姆是最好的朋友，也是斯威夫特企业集团的经理。

“你们在救火的时候，我们看到了你的新型直升机了，”桑迪很认真地说，“真是太了不起了。”

“这个故事还是在非常热的环境中发生的，”巴德嘲弄地笑着，“但是你这个谦虚的哥哥才是真正的天才，一切都得归功于他。”

汤姆想转变一下话题，于是指着桑迪夹在腋下的那个盒子说：“不要告诉我你们又去逛商店了吧，可爱的姑娘们。”

桑迪眨着蓝色的眼睛，“这回还真的没去，这是给你的，”她说着把这个盒子递给了哥哥，“这是你今天的邮件！”

汤姆接过这个黄褐色的包裹，看了一眼标签上的地址，“啊，这是从首都的G国大使馆寄来的！”他很惊讶地说。

“G国？我说，这是刚独立的国家呀，对不？”巴德好奇地问。

“是呀，”汤姆回答说，“这是最近刚独立的国家。”他接着说，“他们昨天刚向企业集团派来一个官员要谈一个新项目。但是，这个包裹——我还真想不明白里面装的是什么。”

汤姆打开这个礼物，巴德和两个女生好奇地看着，包裹的里面是一个雕像，面部非常奇怪。

“啊！”菲利斯吸了一口气，“太吓人了！”

“这张脸看起来好像一个怪脸面具，”巴德说，“可以作为万圣节的礼物。”

汤姆微微一笑，说：“我猜这个怪娃娃是放在桌子上的装饰，看！这个雕像手里的剑是一支圆珠笔。”

为了更好地演示一下，他把笔取了下来，在一张纸上写了几行字。

桑迪大声说:“我可不想把这个吓人的人偶放在我的桌子上！”

“但我还是想把它放在我的桌子上，”汤姆说，“这个G国官员，如果看到我没有放置他的这个礼物，一定会觉得受到伤害。”

桑迪和菲利斯得早一些离开，巴德把她们送到了大门口。汤姆急于开始自己的一个试验，让巴德把这个人偶送到主楼的办公室里。

不一会儿，巴德把这个奇怪的人偶摆在汤姆的记录本旁边。巴德突然产生了一个想法，笑了一下，取下笔，写了两行字。

突然他觉得有些头晕，巴德想用手揉一下眼睛，但是手不听使唤，他无法抬起胳臂。

“救……救命！”巴德沙哑地喊着，然后摇晃了几下就瘫倒在椅子上了。

第二章 机场诡计

汤姆正忙着测试他的天空磁场墨水气体，他听到内部对讲机蜂鸣声响了。

“请马上回到你的办公室！”特伦特小姐请求说，“巴德出事儿了！”

“马上就到！”

汤姆乘吉普车快速来到主楼，冲进门廊，进入一个大的双人办公室，这是他和他爸爸共用的办公室。

巴德瘫倒在汤姆桌子后面的椅子上，已经没有了知觉，特伦特小姐和其他几位工作人员无力地靠墙站着，大家看起来都好像站不稳似的。

“我——我去叫医生。”特伦特小姐结结巴巴地说。

汤姆很小心地进来了，他把手帕盖在鼻子上，快速走到房间对侧，打开空调换气扇，然后通过内部对讲机寻求帮助。

不一会儿来了很多工作人员，大家一起把病人抬到走廊里，放在长椅和长沙发上。企业集团的年轻医生辛普森也在这个时候来了，他马上开始急救。

很快特伦特小姐能够说话了，她描述了刚才发生的事情，“巴德进了你的办公室，想把那个小雕像放在你的桌子上，”她告诉汤姆，“不大一会儿，我听到他微弱的声音呼救，然后他已经失去了知觉。”

她在叫完汤姆和医生后，自己很快也变得很虚弱，其他人听到她的呼喊后也来帮忙，都几乎晕了过去。

辛普森医生皱了一会儿眉头：“现在看好像是某种气体中毒。”

汤姆确定换气扇已经排净室内的空气，赶紧回到自己的办公室看个究竟，他的目光落到了他的便签纸上两行红色的字：

汤姆主人：小心娃娃眼！

你被施了魔法…

后面的字迹变得模糊了，然后就没有字了。

这两行字着实让汤姆惊讶了一会儿，这时他看出来这是巴德没有写完的字迹，于是微微地笑了一下，但很快年轻的发明家又皱起了眉头，拣起这个怪娃娃，开始认真检查起来。

“所有的中毒人好像都已经恢复了，”医生报告说，“但以防万一，我要求他们全都去医务室了。”

“巴德现在怎么样了？”汤姆担心地问。

“还有些眩晕，他吸入的毒气可能是最多的，所以我得给他进一步检查并好好治疗。但从他的反应上看，不会留下长期后遗症。”

辛普森医生看到汤姆手里的小人，有些好奇，于是他问道：“有什么线索吗？”

汤姆严肃地点点头：“向这个插笔的孔里看着，发现里面有一个小的胶囊，毒气一定藏在这里！”

汤姆告诉医生，他在巴德之前就试用了这支笔，“我把它又插在这里了，一定是笔尖把这个小胶囊刺破了，等巴德再取下笔时，毒气就散发了出来。”

“真是小把戏！”医生有些震惊，“我把这个东西带回到实验室，机长，胶囊上可能还会有一些残留量，足够用来分析。”

医生离开后，汤姆马上叫来了哈伦·艾姆斯，艾姆斯是企业集团安全主任，他有一头黑色的头发，刚来企业集团不久。汤姆把这个神秘的中毒阴谋向他做了叙述。

“你了解过G国大使馆了吗？”艾姆斯问。

“在你来的路上时，我打过电话了，”汤姆回答说，“大使的助手有些摸不着头脑，他确定没人从他们的办公室寄出这样的东西，但他还是答应了要好好再查一下。”

艾姆斯不相信他们能查出什么，说：“毫无疑问，发出地址并不是发件人的地址，但不管是谁寄来的怪娃娃，他一定是知道你在等着从G国来的一个官员。”

“非常正确，他们从这一点信息开始跟踪我们了。”汤姆说，“从大使助手那里最多了解到，在整个A国，除了他们自己的使馆工作人员，还有另外一些人也想咨询斯威夫特企业集团。”

艾姆斯同意检查这个包装和怪娃娃，看看有没有线索，并且马上开始调查。“这个生意看起来有些难缠，机长，”他在离开前有些担心地说，“从现在起，要多加小心！”

汤姆很平静地接纳了这个建议，非常认同要多加小心。自从他的神奇科学工作让他进入公众视野后，年轻的发明家已经习惯于应对危险敌人了。

在他的第一次冒险时，他要面对一帮想要掠夺放射活性矿石资源的反叛分子，他们是拼死对抗的。

就是在最近，汤姆从小行星海盗手里挽救了斯威夫特幻影卫星基地。

第二天，艾姆斯向汤姆严肃地汇报说，没能从包装和雕像中找到有价值的线索。

“只有一件事可以肯定地告诉你，机长，”艾姆斯说，“雕像是G国的雕刻品。”

他补充说，A国邮政调查员在跟踪邮件的寄出者。

汤姆从安保办公室开车去企业集团的医务室，他高兴地从辛普森医生那里了解到，巴德已经完全康复了。

“但是我得把他留在这里，再观察一天。”医生接着说，“另外，我已经在胶囊中找到了这种物质，这是一种无味气体，可以致神经系统瘫痪。”

“谢天谢地！”汤姆不禁一惊，“那么巴德逃脱这一劫太不容易了！”

“完全是幸运，笔孔周围的密封不太严密，也许在巴德把这个雕像带到你办公室的路上时，大多数的气体已经泄露了。我估计关键是量比较小，刚好够下一次打开时杀死人的量。”

医生说，寄邮件的人毫无疑问是希望使用少量的气体，这样，在人们没有发现尸体之前，就完全散发光了——于是这个神秘的死亡就毫无线索了。

“唷！”汤姆听后大为震惊，“我们真应该感谢上帝了！”汤姆低声说。

在巴德的房间里，汤姆看到，巴德身体还是很强壮，只是急着要离开医务室。

“你在这里有很大的影响力，天才的年轻人，”巴德报怨地说，“你就不能安排一下把我放出来？”

“对不起，哥们儿，这是不可能的。”汤姆微笑着，随手拉过来一把椅子坐在巴德旁边，两个人讨论了一会儿神秘的怪娃娃，然后汤姆接着说：“坦率地说，巴德，我真的很遗憾你不能跟我一起去，我要去机场见那个G国官员。”

“他到底是谁呢？”巴德问。

“名字叫宽吴，他是这个国家经济发展部的助理，我不知道他们想做什么，但一定是很有趣的。”

“有什么新的消息就及时告诉我吧。”

“当然。我要驾驶我的原子汽车，”汤姆接着说，“让我们的客人从空中看一下工厂的全貌。”

汤姆·斯威夫特的原子汽车很特别，是一款非常时尚的原子能动力的交通工具，它可以在陆地、海洋和空中行驶。

很快汤姆来到了机场的出口，一个人快步走上前来和他打招呼，“你是小汤姆·斯威夫特吗？”他问道。年轻的发明家点点头。他接着匆忙地说：“我们刚才在机场的经理办公室接到我们政府来的电话，你想见的那位官员的计划有些变化。”

汤姆的眉毛向上一挑，问道：“怎么有变化了？”

“他乘坐一架空军喷气式飞机已经到达了，没有乘常规的航班，”这个人解释说，“你看，已经做好了迎接准备了。喷气飞机会在你们企业集团的机场着陆，所以你得马上返回去，才来得及接待他。”

汤姆皱了一下眉头，不知什么原因，这个人的说法让他心生疑虑。汤姆思考着，为什么电话打到机场，而不是企业集团?

年轻的发明家盯着看了一下通知这件事的人，这个人个子很高，头发稀疏，面相有些尖嘴猴腮，颧骨很高，下巴又很尖。汤姆觉得他在这个机场从来没有见过这个人。

“你在机场很长时间了吗？”汤姆问。

“只是几个月，为什么问这个问题呢？”

“只是有些好奇，”汤姆冷冷地说，“如果你不介意，我想去一下机场经理办公室，这样我能直接了解到更多细节。”

送信人面露惊讶，然后耸了一下肩说：“那就随你的便吧。”

汤姆觉得他在这个人的话语中听出来一些淡淡的外国人的口音。

年轻的发明家向机场出口等候大厅上的楼梯走去，这个人也陪着上楼。上楼后，汤姆在走廊中向一个办公室走去。

突然，汤姆的余光看到这个人的胳臂动了一下，他在从他的衣服下面取枪。汤姆来了一个急转身，一下子抓住了这个人的手腕，但是对手用脚钩住了汤姆的腿，一下子把他推倒了。汤姆顺式向后滚去，而枪正好也砸在了他的头上，汤姆疼痛地叫了一声，就失去了知觉。

几分钟以后，他动了一下，恢复了知觉，但发现自己在一个黑暗且狭窄的空间里，他挣扎着站了起来，脚好像踢到了听起来像是一个铁桶的东西。他顺着墙摸索着向前，发现了一个门的把手，拧了一下。汤姆把门打开后，发现原来攻击他的人把他拖进了门房的更衣柜里面了。

“噢！我的头！”汤姆看到光亮时眯起了眼睛。

他顺着走廊看着，然后冲向通往机场出口的楼梯，汤姆环视着周围，寻找刚才打晕他的那个人的影子，这时他看到一个身材高大，长相特别，穿着托加袍的G国人，他的身边站着两个随员。

汤姆赶紧向他走去，“你是宽吴先生吗？”他问。

“是的。”

“我是小汤姆·斯威夫特，对不起让你在这里久等了。”

“不用客气，”这个G国人很有礼貌地回答，他介绍了两个随员后接着说，“有人告诉我你会来晚一些。”

汤姆惊得不知如何回答：“有人告诉你？是谁告诉你的？”

“是你们斯威夫特企业集团的助理，你不知道这事儿吗？”

“我当然不知道，”汤姆说，“请告诉我发生了什么事情。”

宽吴说自己见到一个人，这个人说他是斯威夫特企业集团的代表，他说小汤姆会晚到几分钟来接他们。在此期间，他会带宽吴的秘书去市长在机场的办公室去安排一下官员接待的细节。

“你的秘书和他一起走了吗？”汤姆警觉地问。

“当然去了。”

“这个人长的是什么样子？”汤姆紧张地问。

宽吴对于汤姆的问题有些不解，但还是回答说：“他的脑门很高，下巴很窄。”

汤姆听了这个一下子发怒了：“对不起，我不得不告诉你，那个人是一个冒充的人，也是他的原因我才来晚了。”

汤姆赶紧把发生在自己身上的事情告诉了宽吴，并请他原谅自己衣冠不整的形象。

“整个过程很明显是想不让我参与进来，这样他们会劫持你和你的秘书。”

两个随员听到这些后变得不安起来，但宽吴还是很镇定。汤姆通知了机场的安保人员，然后给警察局打了个电话，调查马上开始。

机场停车场的工作人员回忆说，他们曾看到一个穿着鲜艳的外国人，拿着一个公文包，有两名随从，好像都是A国人。其中一个人很符合攻击汤姆那个人的形象特征，三个人是乘坐深蓝色的敞篷汽车离开的。

负责调查的警官马上发出无线电通知：设置路障。汤姆主动申请驾驶他的原子汽车在空中监视劫持者的敞篷汽车。

他们在离开机场的高速公路上空搜索和盘旋了半个小时，汤姆突然发现有一个穿着条纹的托加袍的人倒在高速路边儿上的土路上。他们降落到地面上，快速向倒在地面上的人赶去。

“你的秘书已经失去了知觉，但还活着，”汤姆检查完倒在地上的这个人的脉搏严肃地说。

“他的公文包不见了！”宽吴大声说，“里面有计划的详细内容，这些都是这次我要和你详谈的东西。”

第三章 掷过来的警告

宽吴的两个随员发疯似的寻找，但还是没有找到公文包。

汤姆用原子汽车的无线电告知了警察，并叫来了一辆救护车。车来了以后，一位内科医生检查这个秘书。

“他是吸入了氯仿，”内科医生说，“但应该一会儿就能醒过来。”

汤姆和他的客人跟在救护车的后面来到医院，医生检查汤姆的大脑是否有震荡的症状，除了他头部的打击处肿起来一个包以外，没有其他的症状。

宽吴的秘书叫吴姆比，年轻的发明家马上来到他的病房。这时吴姆比已经醒过来了，斯莱特警长和哈伦·艾姆斯都已经过来给他做笔录。

“我和自称是斯威夫特企业集团代表的人一起离开机场出口，”秘书说，“另一个人在停车场等我们，我当时认为这就是我们的司机，但他进到车的后面，让我坐在车的前面。”

“在沥青路面上我们开了一段时间，”吴姆比接着说，“这个冒充的人转向土路，然后停下车，掏出了手枪。”

“他让我把公文包给他，突然身后的人一下子抓住了我，把一块布盖在我的鼻子上，这就是我能记起来的所有情况。”

“第二个人——就是坐在后排的人——你能说一下他的长相吗？”斯莱特警长问。

吴姆比先生想了一下说：“他很年轻，长得很强壮，穿着蓝色的西服和开领衬衫。”

艾姆斯转头看着宽吴，“公文包的情况呢？里面有很多的科学机密或有价值的信息吗？”

宽吴耸了一下肩，“对我们的国家和人民是非常有价值的，但对外人来说不值钱。”

“你认为这个阴谋背后是你们本国的人吗？”斯莱特警长问宽吴。

“是的，这看起来是唯一的答案了，你看，自我们独立以来，我们遭受的政治动荡太多了，现在还有很多的派系想要阻止国家的经济进步。我可以肯定地说，我们的大使馆不会把今天的事儿当成一个外交事故的。”

汤姆、艾姆斯和斯莱特互相交换了一下眼色，大家都感到轻松了很多。

“谢谢你们用这种态度对待今天的事件，先生，”警长说，“我们会尽最大努力去找到罪犯。”

大家一起离开医院时，有人打来电话找斯莱特警长，他先去接了电话，几分钟后回来了。“已经找到劫持人的汽车了，车上没人，”他告诉大家，“这个车与报警丢的车是一致的，劫持的人可能偷这辆车来作案。”

艾姆斯认为罪犯可能已经转乘另一辆汽车了，所以已经溜过了路障。

汤姆用他的原子汽车把G国人和艾姆斯带回企业集团，大家斯威夫特的办公室里围着桌子开会。

“我的朋友，”宽吴首先笑着说话，他坐在汤姆的对面，“你和你父亲战胜困难是出了名的，所以我们到这里是请你们完成一个非常艰难的工作。”

汤姆听了这些话笑了一下，有些不好意思地说：“太谢谢你了，我父亲非常抱歉今天不能到会，他现在正在做一项秘密空间研究工作。我想他会说他自己不可能完成科学上不可能的工作，但是我们非常愿意听一下你们的计划。”

宽吴站起身来，走到斯威夫特先生办公桌前面的一幅浮雕世界地图前。

“我的国家，G国有两个省，分别居住着两个部族，各有自己的习俗，”宽吴指着地图说，“西部是居住区，居民很多，我们的首都就在这里。东部比较落后，矿产资源很多，正在由一个国际的公司——非钢有限公司开发，这是一个政府负责的一个项目。”

“我听过这家公司。”汤姆说。

“非常遗憾，”宽吴接着说，“两个省被中间一片森林隔开，为让这两个省融合在一起，必须在这个尚未开发的森林里修建一条高速公路。按照工程师们的话，这个工程的难度很大。”

“对公路的路线做过勘测没有？”艾姆插话说。

“最近已经做过勘测了，这是由A国一家叫伯洛的公司做的，”宽吴回答说，“我们政府原打算把修高速公路的工作承包给他们，但是他们遇到了一个原来没有预想到的问题。”

汤姆又感到有些好奇：“没有预想到的问题？”

“森林里面有一片奇怪的沼泽地区，”宽吴解释说，“但高速公路必须经过这片沼泽地，而伯洛公司的工程师们认为沼泽地无法承受路基的重量。于是他们建议绕过沼泽地，这样高速公路会加长，工期达到三年，预算比我们计划的长很多。”

“那么，你们就不再考虑伯洛公司了？”汤姆说。

宽吴耸了一下肩：“我担心我们拒绝了他们的建议，他们会不高兴的，但我没有别的办法。坦白地说，我们承受不了这个价格。我们也无法等待三年完工。为了国家的稳定和繁荣，两个省必须尽快连接到一起，我们希望你们能给我们解决这个问题。”

汤姆苦笑了一下：“这个订单真是不小呀。”

“被偷的那个公文包，”宽吴补充说，“里面有伯洛公司依据自己的勘测做出的计划，而且我们已经为勘测付了费用。

这个计划中有完整的路线、地形地势、土壤取样和其他信息的全部详细内容。遗憾的是公文包里还有我们提给你们的计划，好在原始的文稿我们还有留存，几天时间内我们就可以把影印件拿过来。如果今天把这些材料带过来，会对你们评估我们的问题非常有帮助。”

“这一定会的，”汤姆说，“我想我们可以从伯洛公司拿到一份材料，这会更快一些，我会和他们谈一下。这个工作听起来很有趣，也很有挑战性，但是我们需要一些时间好好考虑一下。先生，你们明天能留下来和我们进一步讨论吗？”

宽吴摇了一下头，“恐怕不行，考虑到公文包被偷的情况，我必须马上返回大使馆，向我们的政府做一个全面的汇报。这样的话，我们才能在明天早晨飞回参加一个重要的内阁会议。无论怎样，做出决定前，你们都需要几天的时间来考虑这个计划。”

“非常正确，先生，”汤姆同意这个想法，“当然了，在着手这个工作前，我们也得对我们自己做一些初步的分析。”汤姆说完了这些话，会议就结束了。

斯威夫特先生那天傍晚返回企业集团，听过了G国的计划后，他给斯威夫特企业集团的奈德·牛顿打电话，这个公司负责生产企业集团研究出来的产品的人。

晚上的时候，汤姆和两个长者来到斯威夫特的书房讨论这件事情。

“我想说的是，这个计划值得仔细研究一下，”牛顿先生说，“我们应该帮助一个新的民主国家，在这里完成一个项目还能给A国争光——前提是你们父子两个得解决这个工程方面的问题。”

斯威夫特先生眼睛一下子亮了起来，看他满怀激情的样子，加上笔挺的身材、孩子气的神态、蓝色的眼睛和略有发灰的头发，和他的儿子非常像，只是儿子更高一些、更瘦一些，他说：“我同意做这件事，但是我会忙于国家航空研究工作，也就是说，汤姆来负责这件事儿，你看怎么样，孩子？”

“我非常喜欢试试，爸爸，在工程方面你做我的后盾，奈德叔叔给我把关，我非常有可能做好这件事。”

老汤姆微笑着看着年轻的发明家汤姆：“对于修建这条穿越森林的铁路有什么想法？”

“还不很确定，”汤姆说，“但我在想是否只有高速公路才是唯一的答案。”

“你的意思是？”

“原子汽车运输系统可以是一种解决方案，”汤姆解释说，“因为这种飞行的汽车可以在所有的陆地条件上飞行，无须通常的高速公路。如果这样，我们就——”

突然的一阵警报声打断了汤姆的话，接着就是玻璃破碎的声音，随后一个物体飞了进来，咣当一声刺在对面的墙上！

“一个飞镖！”汤姆大叫一声。

他从椅子上跳了起来，冲过去察看这个还在颤动的武器，飞镖的杆部带着一张纸，上面用鲜红色的笔迹潦草地写着：

汤姆·斯威夫特：离G国远一点儿，否则你本人和你的家人就会承担后果。

汤姆念着上面这些内容，斯威夫特先生和奈德叔叔赶紧来到汤姆的旁边。

这时桑迪和苗条且漂亮的妈妈听到声音来到了书房。

“噢！”斯威夫特夫人紧张得有些喘不上来气。

桑迪有些吓坏了，问：“为什么警报铃还在响着呢？”

“这个飞镖激活了警铃，”汤姆解释说，“但投掷飞镖的人在报警范围以外。”

斯威夫特的家周围有电子磁场，陌生人进来时就会报警。汤姆和他的爸爸给全家人和朋友每人一块手表，上面有一个小的去活线圈，这样他们进入时就不会启动警报。所有没有这个小设备的人，进入磁场后马上就会被识别出来。

汤姆用手帕垫着防止，从墙上取下飞镖，然后他和牛顿叔叔跑到外面，斯威夫特先生已经打开了强光灯，然后把两只猎犬——凯撒和布鲁图放了出来。

汤姆让狗闻一下飞镖上面的气味，但是猎狗在院子里慢跑了几圈后，呜咽着叫了几声后，就不再追踪气味了。

“飞镖一定是从行驶的汽车上投掷过来的。”汤姆判断说。

斯威夫特先生点点头：“我在警报没有响时，听到有人接近了房子。”

“不管是谁投掷这个飞镖，这个人的力气一定很大，”牛顿看了街道和房子间的距离，用畏惧的语气说，“飞镖扎进墙里有好几英寸深呀！”

“或者可能是用一个专门用途的、威力比较大的飞镖枪射过来的。”汤姆思考着。

汤姆给艾姆斯和警察打了电话，然后看着爸爸：“爸爸，你是不是不想放弃我们的计划，对吧？”

“不会放弃的，”斯威夫特先生说，“我们要考虑到计划本身的价值。孩子，我绝对反对面对威胁就让步的策略。”

汤姆激动地拉住了爸爸的手，“我和你一样！”他一本正经地说。

第二天早晨，汤姆和哈伦·艾姆斯商量一些事情，看看是否要把这些事情向国家汇报，这时企业集团的邮递员来了，信是宽吴寄来的，他说他们国家的官员用电话通报他，留存在国家经济发展部的伯洛公司报告的每一份内容都被偷了。

“那么，这件事，”汤姆做出了决定说，“就这么定了！”

再不能等了，汤姆飞去见本·伯洛，就G国高速公司的勘测问题进行谈判，本·伯洛是伯洛公司的总裁。年轻的发明家在办公室的大厅里告诉接待员，他是汤姆·斯威夫特。不一会儿，一个衣着不整的人从一个办公室快步走了出来。他很生气的样子，脸都气红了。

“这么说来，你就是汤姆·斯威夫特，哼？”他咆哮着说，“你赶紧滚出去，要不我就把你扔出去！”

第四章 伏都魔咒汤

见到这个人发火的样子，汤姆有些震惊，但是他还是平静地说：“你是伯洛先生吧，我是专程飞来见你的，请你听一听我要说的话。”

“我是伯洛，你想咋样！”这个人怒气未消，“至于听你的话，我必须得说，你在这个故事中说得太多了！”他把手里的报纸举到汤姆面前挥动着。

汤姆接过报纸，看着伯洛指给他的那篇文章，脸也红了起来，这文章让他恼怒和尴尬。

这篇文章的标题是“汤姆·斯威夫特在G国的森林中赢得了一个难以实施的项目”。文章中说，斯威夫特企业集团刚刚宣布，它正在和G国政府签一项合同，承建一个其他工程师认为只有三年时间才能完成的高速公路建设项目。文章中引述很多吹牛的内容，说斯威夫特企业集团解决这个项目中的问题易如反掌，而这些内容均说成是出自汤姆之口。还有一些对退出这个项目公司的模糊不清的评论，看起来都是汤姆发表的。

“这么说来，你会比伯洛公司做得更好了！”公司的总裁火气更大了，“这是为什么，你这个乳臭未干的毛小子，你甚至还没有——”

“先等一下，伯洛先生，”汤姆冷冷地打断他的话，“我不了解这篇文章的事，斯威夫特企业集团从来没有做出这样的评价或公告，我也没有见过任何记者，里面的内容认定是我说的，这让我也很惊讶，不比你的惊讶小。”

伯洛怀疑地盯着年轻的发明家，说：“尽管情况是这样的，但我还是想弄个水落石出，”汤姆回答：“我们还没有同意着手这个项目呐。”

“这也好，”公司的总裁还有些不甘情愿的样子，“你跟我来吧。”

汤姆跟着伯洛来到他的私人办公室，主人生硬地让他坐下来。伯洛总是皱着眉头，不太相信汤姆。

“很好，”他说话的声音很大，“你心里是怎样想的？”

“到目前为止，斯威夫特企业集团还没有提出着手G国高速公路的项目，”汤姆开始说明情况，“甚至我们还没有看过那里的地形地貌，像你们这样一个顶级的、经验丰富的公司都需要三年来完成的项目，里面一定有非常艰难的问题。”

伯洛听了这些话后，脾气缓和一些了。

“在没有做更多的事情之前，”汤姆接着说，“我们想知道我们要面对的问题，这就是我来你们这里的原因。”

汤姆说出来这里的另外一个原因，他期望弄清伯洛公司与过去两天里发生的几个恶性事件是否有关联。

“你来到了最正确的地方，孩子，”伯洛说的话很诚恳，“如果有人能在三年以内把这高速公路建起来，我就倒着见他！”

汤姆耸了一下肩：“你的判断可能是对的，但是我想看看你给G国政府提交的工程建议书。”

“我怎么能给你看这个呢？”伯洛回答得有些严厉。

“你们的工程细节和标准可以省去我们在这个项目中需要的时间。”

伯洛哼着鼻子说：“如果你以为我会帮助一个竞争对手，那你可就错了！”

“G国政府已经给你们的勘测付费了，”汤姆点破了问题，“当然他们是可以使用这些结果的。”

“那你应该找他们去，他们有自己的备份。”

“他们当然有自己的备份，”汤姆解释说，“但他们的所有备份被偷了，最后的一份是在他们来见我们的时候，在G国官员的秘书手中被偷了。”

伯洛惊讶地瞪大了眼睛，然后放声大笑起来，“太遗憾了，斯威夫特，如果情况是这样的，我想你没有这个运气了！”

汤姆一大堆发怒的话到了嘴边，但他咽回了肚里，“这么说你不想与我们合作？”

“是这个意思，如果你们的斯威夫特企业集团里的天才们想承包这个项目，那就好好的展示一下你们的才华，那就请便吧，你们自己整理信息吧。”

伯洛眯起了眼睛，狡猾地微笑着补充说：“但我可以告诉你一件事，小伙子，如果你们在森林的沼泽地上铺设高速公路，你们会遇到一个不太好玩儿的意外。你也很快就会发现，我们为什么要求绕行，绕行让费用增加了很多。”

汤姆意识到和伯洛进一步商讨已经没有意义，于是改变了话题，他粗略地和这位工程师提起怪娃娃和飞镖的事情，还有宽昊的秘书被劫持的事情。伯洛看上去真的有些没有想到，甚至对汤姆对他的怀疑，他一点都没有反感。

“看起来好像是有人想恐吓你放弃这个项目，”伯洛同意汤姆的看法，“但是如果你们怀疑我们，那你可是弄错了。”

“那么谁可能会做这种事情呢？”

“这我哪里知道呢？”伯洛耸了一下肩说，“我听说过，G国有一群叛逆分子，他们反对这个国家用公路连接在一起，但这都是人家传说的，没有事实依据，最好问一下非钢的人，关于G国东部省发生的问题，他们比政府了解的还要多。”

“可能会问他们的，”汤姆说着站起身来要走，“非常感谢你给我这么多交流的时间。”

汤姆飞回到企业集团，他还在思考着伯洛的态度。回到企业集团后他了解到记者和新闻机构都在给他办公室打电话，寻问项目的进展情况。汤姆要求发布一个公告，驳斥报纸上的那篇原创文章，然后急匆匆地来到安保办公室，和哈伦·艾姆斯讨论一些事情。

“我刚才核查了那个骗子文章，”艾姆斯报告说，“今天早上你爸爸听说了这件事儿了，告诉我一定要追查下去。”

“你们都发现了什么情况？”汤姆问。

“文章来自于昨晚发布的一个假消息，表面上看是由在我的G国大使馆发布的。我给他们打电话问起这件事情，国但他们说不知道这件事情。他们说他们和我们一样，都有些惊讶。”

汤姆皱了一下眉说，“哈伦，这件事情把我也搞糊涂了，怪娃娃和昨晚的飞镖调查有什么进展？”

“什么进展都没有，机长。”艾姆斯可怜巴巴地说，“恐吓信用的纸就是一般便利店的书写纸，而且在飞镖上没有发现任何痕迹。另外，飞镖是地道的来自G国的武器。”

“啊，”汤姆想了一下，“线索又指向了G国，和怪娃娃的情况一样，可能宽吴的直觉是正确的。”

到了中午的时间，汤姆在自己宽敞的办公室里还在想着这件神秘的事情，走廊里一阵牛仔靴的声音打断了他的思考，乔·温克勒端着午饭餐盘走进来了。

“汤菜来了，老大！”他用大喇叭的声音喊道。

乔，原来是农场厨师，脸因日晒而红红的，有些矮胖，已经秃顶，但心可是像沙漠里的阳光一样热情。他在一次旅行中遇到了斯威夫特一家，后来他在企业集团里和科学考察时给汤姆和他的爸爸做厨师。

“嗨，乔！”汤姆抬起头，发现乔虽然仍穿着艳丽的柠檬黄色的衬衫，但心情有些不太好，“出什么事儿了吗？老头儿？”

“就是那些奇怪的破事情给我搞的，”乔告诉汤姆，“首先是那个丑陋的娃娃，还能释放一些气体，然后是昨晚的那个飞镖。我的娘亲呀，汤姆，我真是非常担心！这些事情到底是怎么回事呢？”

“我也不知道是怎么回事儿，”汤姆说，“可能只是某些人想开个玩笑——就是让人恶心的玩笑，仅此而已。不管是谁搞的，他早晚会被抓住的，然后就由警察来处理他们。”

“希望你是对的，”乔看起来心情放松了一些，然后说，“你是不是订了三明治？老大，所以我今天给你带来了非常好吃的蔬菜烩鱼，请稍等一下，你就——”

掀开锅的盖子正要盛汤时，乔的话音越来越小，而且越来越奇怪了。

“乔！你怎么了？”汤姆问，一下子跳了起来，乔的脸变得惨白。

“老大，看——看锅里！”乔用发抖的声音说，“你——你自己看吧！”

汤姆向汤锅里看去，大吸一口冷气。原本汤锅里是烩菜炖鱼，现在里面是一个伏都小泥人！形状像一个牛仔，肚子很大，头上载着十加仑的帽子，小人的身上刺满了针！

“我——我——我太可怜了，我太可怜呀，这就是我呀！”乔哀号地说。汤姆把这个伏都娃娃取了出来，说：“这些针的意思就是让我死的意思！”

矮胖的厨师颤抖得像是大风中的白杨树一样。

“噢，不要这样了，乔！”汤姆平静地说，“不要被吓散了魂，这可能是有人在开你的玩笑。”

“开他的玩笑？”这时另一个人在说话了，巴德·巴克利这时走进了办公室，一脸无辜的笑容，“谁能做出这样一件事，让乔这个天不怕地不怕的人紧张呢？”

厨师瞪了一眼巴德，嘴张了半晌，然后发起怒来说：“臭小子，你就是那个做这个事情的小流氓！”他怒吼着：“你到厨房时我就应该猜出你要弄什么把戏的！”

巴德估计乔会扔过来一个碟子之类的东西，于是躲闪了一下。但是厨师很快不那么生气了，两个男孩笑得直不起腰来。

“估计你们有你们笑的道理，”乔也笑了一下表示理解，“谁会降厄运给一个心地善良的老厨师呢？”

两个男孩刚好吃完饭，这时大门有人打来电话找汤姆，是一个自由动物收集人——达西·克里尔，他也是一名记者，想要见汤姆。

“如果他要来做G国项目的访谈的话，就不见了。”汤姆回答说。

“他来的目的不是这个，”门卫汇报说，“这是一件特殊的事情，他想单独和你谈一下。”

汤姆迟疑了一下：“好吧，让他上楼吧。”

“另外，他还带着相机，机长，是否让他把相机留在门房这里？”

“不用，没有问题，只要他拍照时得到我们许可就行。”

汤姆和巴德对这位不速之客非常好奇。达西·克里尔长着黄色头发，样子很年轻，大约30岁，瘦高个子。他脖子上挂着一架小型的照相机，相机装在相机包里。

汤姆请克里尔坐下来。“非常感谢您能接待我，”克里尔说，“我告诉门卫了，我来的目的不是谈G国高速公路的事情，那件事儿不是真的。”

“你为什么这么说呢？”汤姆马上警觉起来。

“啊，我看过报纸上有关G国的这个商务情况，”克里尔解释说，“实际的情况是，我一直希望去那里看一下，但是我自己没有这笔费用，所以我想问一下你们是否可以带我过去。”

“G国那么有趣儿吗？”巴德插嘴说。

克里尔回答说：“在那里无论走到哪里都会是我文章的素材，我还可以收集一些动物的标本，但是G国更能让我感到好奇。”

“为什么呢？”汤姆问。

“有传闻说，G国的雨林中有巨大的动物，”克里尔说，“还没有人能好好地进行研究，我可能获得最了不起的动物学发现，而且我对你们也很有用。”

汤姆分析着这个客人，克里尔看起来人很好，汤姆也理解收集标本的人的爱好，但是他对这个人的背景不太了解，“我想我现在不能给你一个明确的答复，”汤姆回答说，“我们现在还没有确定是否着手G国的这个项目。”

这时，突然响起了一阵刺耳的铃声。

“工厂的雷达警报！”巴德大声说。

两个男孩冲到雷达显示器前，屏幕上有淡淡的雪花点，汤姆抓起电话给安保办公室打电话。

“出什么事儿了，哈伦？”他问道。

“我们还不清楚，机长，”艾姆斯有些紧张地回答，“有一些奇怪的金属物体正在向工厂这里落下来。”

第五章 森林中的秘密

汤姆赶紧和克里尔道别后跑出了大楼，巴德紧跟在他的后面。路上汤姆告诉巴德，艾姆斯刚才向他汇报的情况。

“他们来了！”巴德指着天上大声说，这时可以看到天上有很多小的银色的物体，在阳光下闪闪发光，它们正在慢慢地落下来。

两个人跑去拣起落在附近地面上的一个，汤姆仔细地检查着。

“这到底是什么东西呢？”巴德有些不解地问道。

“看起来好像是用铝箔做的，但我也不清楚它们是干什么的。”

这些铝箔被裁剪后折成奇怪的形状，看起来有些像鸟。这时其他员工都从院子的不同地方跑了过来，拣起落在地上的铝箔。

不一会儿，艾姆斯也过来了，带来一大堆铝箔“鸟”问：“这些是落在企业集团机场上的。你想怎么处理这些鸟，机长？”

“我也没想好怎么处理，”汤姆皱着眉头看着这些铝箔，

“当然，这些东西是迷惑雷达的，但迷惑的目的是什么呢？”

“是从飞机上抛下来的吗？”巴德插嘴说。

“不是，控制塔说没有发现飞机从上空经过。”艾姆斯回答说。

“那一定是从工厂墙外投掷过来的了——也许是从高速公路上行驶的汽车上投掷过来的。”汤姆推测说。

“但是这样薄的铝箔怎样才能抛到高空呢？”巴德不同意这种推测。

“这好办。”汤姆说，“把这些东西用某种自动打开装置紧紧地捆扎在一起。可能我们现在应该确定一下这些东西是否真是铝箔。”

两个男孩和艾姆斯赶紧来到汤姆的私人实验室，年轻的发明家在X光下用斯威夫特分光镜检查了几片铝箔，检查完后，更是一头雾水，他看着大家。

“只是铝箔，没有别的。”

艾姆斯同样也有些糊涂了，完事后离开了实验室。他答应要对工厂墙外进行彻底检查，看看能发现什么线索。

巴德突然打了一个响指，大声说：“嘿，你把客人给忘了吧，汤姆！”

“噢——噢，我得先打个电话，说一声对不起。”汤姆拿起电话，拨通了自己办公室。“请达西·克里尔接电话。”他对特伦特小姐说。

“对不起，他已经走了。”特伦特小姐回答说，“你和巴德出去后，他等了很长的时间，后来他说他得走了，但是他希望能听到你关于G国的消息。”她补充说：“他把自己的电话号留下来了，用不用我给他打电话？”

“现在不用。”汤姆说，然后挂断电话。

按原计划，巴德要做喷字直升机试飞，所以去了飞机库。汤姆留在实验室里，思考着这些铝箔“鸟”。

他注意到“鸟”被剪成不同的形状，这些形状有什么意义吗？他思索着，这是否会代表着某种宗教的符号或是某种图腾？

“看起来有些牵强。”汤姆最后这样认为。

汤姆决定先不想这些东西了，登上了吉普车赶回到企业集团的主楼，他决心抓紧时间全身心搞这个项目。

首先要做的是对森林的地形进行勘探，今天早上回来后，他已经交代给特伦特小姐一些旅行的简要计划了。

“最好我先全面看一下，保证不要落下什么东西。”他对自己说。

汤姆到了办公室以后，打开锁着的进行项目文件柜，想找G国的文件夹，奇怪的是文件夹不在了。汤姆用内部电话和特伦特通话，“你动我的G国的文件夹了吗？”他问。

“没有，誊抄完你的记录后，我就把它们放回去了。”她回答说。

“好像这里没有。”

特伦特小姐来到他的办公室。“我确定我把它们放了回去，”她在文件抽屉里边翻着文件夹边自言自语地说，“噢，找到了，在M开头的文件后面。”

她把文件夹递给汤姆时，脸上表现出很大的不解。“这有些奇怪，”她说，“我确定已经把它们放回到原来的位置上了。”

汤姆的蓝色眼睛突然闪出好奇的神情：“你确定吗？”

“是的，几乎没有问题。”特伦特小姐皱了一下眉，“你看，这个文件夹就在你爸爸中子射线的实验文件夹的后面，我记得把它就放在那个文件夹的后面了。”

“好的，谢谢你。”汤姆坐在桌子前，他的大脑在飞速运转。特伦特小姐走出办公室。

克里尔自己待在办公室里时会不会翻看这些文件呢？

汤姆迅速地检查了一遍文件夹，所有的东西一个没少——G国大使馆的信件稿、宽吴的谈话稿、汤姆的考查旅行计划。

克里尔可能会看过所有的这些了，汤姆意识到——他可能还会用相机把这些拍了下来。铝箔可能是诱使汤姆离开办公室，这样克里尔就会有机会了。

汤姆给艾姆斯打电话，告诉他对这件事的怀疑。

“这可能就是问题的答案，”安保主任同意汤姆的想法，“特伦特小姐确定文件夹被动过了？”

“没有，还没有绝对确定，”汤姆说，“如果文件夹确实被动过了，这能说明很多问题。”

“是的，另一方面，机长，如果克里尔是给敌人工作的，他们想得到什么呢？你只是前天和宽吴才讨论过这个问题，他们不可能在你这里得到整套的建设计划呀。”

“谁说不是呢？他们不可能弄明白我们这个事情到达了什么水平。”汤姆说，“据我们所知，他们可能会认为宽吴来我们这里是要和我们签一个明确的合同。事实上，可能那正是他们想得到的。报纸上的那个假新闻可能是促使我们动手的一个举动，也是给克里尔一个来我们这里的借口。”

“你可能是对的。”艾姆斯说，“我马上检查这个家伙，机长。”

“顺便说一下，”汤姆补充说，“准备几个铝箔‘鸟’，通过下一趟的班机送给G国大使馆去。我得弄明白这些‘鸟’是不是有宗教方面意义。”

第二天早上，艾姆斯汇报说，他的调查一无所获。“克里尔看起来和他说的是一致的，他是有名的杂志作者和讲师，另外，很多的动物园从他那里买动物。”

汤姆更加困惑了，他说：“好吧，也许我们错了，但我还是想不出发生铝箔‘鸟’这件事儿的原因。”

汤姆回到自己的办公室，他给G国大使馆打电话，告诉他们他打算明天飞到G国对高速公路做一个初步的调查。他也了解到文化专员对铝箔“鸟”进行了分析，发现与G国的图腾没有关系。汤姆用上午剩下的时间准备旅途的物品，组织队员，做出飞行计划。

吃过午饭，年轻的发明家开车来到当地博物馆，看看他的老朋友高德博士，他是博物馆馆长，汤姆带来了飞镖给他看。

“这一定是出自G国的工匠之手。”高德博士仔细研究了这个飞镖后说。

“出自G国？”

馆长耸了一下肩，说：“不那么确定，汤姆，但这非常可能来自雨林地区。”

汤姆接下来问博士关于达西·克里尔的事情，原来博士和克里尔非常熟悉，说他是一个非常好的人。

“他对你们会非常有用，汤姆，他掌握森林的知识非常多，他还会几种方言，”馆长停下来想了一下，“另外，我这里有一个还没有解开的谜，等你过去后可能会帮我把它解开。”

“一个谜？”

高德博士点点头：“这与威尔肯·艾德雷斯教授有关。他是一个非常古怪的动物学家，他对一些可以改变生物生长过程的神秘植物和矿物提取物很有一些理论。他20年前去了G国，开展他的研究工作，此后再也没有听到他的消息。”

“这听起来很有趣。”汤姆说。

“是的，我很想知道他遇到了什么事情——还有他的理论是否已取得成功。”

汤姆回到了企业集团，然后给达西·克里尔打电话，告诉他明天早上做好飞行的准备。克里尔显得非常高兴。汤姆认为，如果克里尔与这个谜无关，他一定会帮上很大的忙。如果他来自敌对的一方，这也是汤姆观察他和了解幕后的一个机会。

第二天一大早，巨大的银色的“蓝天女王”呼啸着从企业集团飞机场的专用跑道上起飞了。这是一架原子能驱动的飞机，配有喷气推举器。这架飞机也是汤姆早期的一个主要发明，飞机上装有所有科学领域的研究设备，所以这架飞机被称作飞行实验室。

汤姆坐在控制面板前面，飞机向东南方向飞行，穿过大西洋上空。巴德整个晚上一直监控着发动机运行的状态，现在在床上睡着了。汉克·斯特林做副驾驶，他是企业集团的主任工程师，长着黄色的头发和方方的下巴。乔·温克勒来到了飞行舱。

这时内部电话突然传出了一个令人恐怖的尖叫，大家一下子傻眼了。

“救——命呀，”一个惊恐的声音叫道，“别让这个怪物接近我。”

第六章 象牙偶像

“是巴德！”汤姆大叫着，他解开安全带，从驾驶员的座位上跳了起来。“汉克，你来驾驶，我看看出了什么问题！”

汤姆在过道上向机尾方向跑去，乔摇摇晃晃地跟在后面，非常紧张的样子。他们到了机组人员卧室，发现巴德平躺在床上，眼睛直盯盯向前看着。汤姆和乔从未见过的最奇怪的生物就在眼前！

这个小动物待在巴德头上面的枕头上，它把细长而瘦的手指伸向巴德太阳穴的位置，还发呆地看着巴德的眼睛。

“会跳的蛤蟆头上长出犄角了！”乔惊得大张着嘴，“这是什么怪物呀？”

这个动物很小，只有巴掌大小，长着棕色的毛和长长的尾巴。在乔说话的时候，它抬起头，但没有看着刚过来的乔和汤姆。

“天呀！”汤姆自言自语，“两只眼睛很像矿工的头灯！”

它有两只黄色的眼睛，瞳孔很小，面部和大多数的动物差不多，但是耳朵像蝙蝠的，非常大，让它显得更加奇怪。

“不要光站着不动!”巴德请求两个朋友,“快想些办法!”

过道上传来了急促的脚步声，达西·克里尔把头探进了卧室。

“噢——噢！我最怕出现这种情况！”他抱歉地说，“快到我这里来，毛毛，你这个小坏蛋！”

这个小动物跳到克里尔的肩上，钻进了他的运动装口袋里。

“你的意思是这个奇怪的傻瓜是你带来的？”巴德随即坐起来，抱怨地说，怒视着克里尔。

“呃——是的，这个小宠物是我去年拣到的。”

“这是什么动物呢？”汤姆笑了一下插话说。

“林地宝宝——或者叫丛猴，它非常友好。”

“友好？”巴德从他的床上跳下来，扑通一下跳到地上，“我醒来的时候，看到这个幽灵一样的家伙头朝下地看着我，我差一点就没弃机逃跑！”

乔开心地狂笑。

“这有什么好笑的？”巴德抗议说。

“你这不就是在抗议吗！像你这么一个伟大的牛仔，居然让一个这么小的东西吓得魂飞魄散？”

“我吓得不敢动了，”巴德还在生气，“它非常有可能把我的眼睛挖出来或咬掉我的鼻子。”

“这个动物不会咬人吧？”汤姆问。

“不会咬的，当然不会，”克里尔赶紧说，“我应该问一下你们能不能带它上飞机，但我真没有想到它会弄出麻烦。它原来在我的器材上面蜷曲着睡觉来着，没想到它出来探险了。”

“好吧，让它离我远一点儿！”巴德说。他的怒气还没有消，顺手穿上了鞋，和汤姆、乔去飞行舱了。

“蓝天女王”在空气中的飞行速度为每小时3000千米，飞到G国的旅程不到两个小时就完成了。上午不到十一点钟的时候，巨大的“蓝天女王”以俯冲的动作下降，降落在G国的首都机场。

一位穿着白色警服的警官跑过来迎接汤姆和他的随员，敬过标准的军礼后，他请这些A国人在机场等候，等待经济部的官员们来迎接他们。

“我们已经用电话通知他们，他们正赶到这里。”他补充说。

二十分钟后，两辆小汽车停在海关大楼的外面，宽吴和其他几个官员从车里出来。

“欢迎来到G国，汤姆·斯威夫特！”宽吴按照A国人的方式和年轻的发明家握手，并轻轻地击掌。“你们在等我们来到机场时，没有人劫持你们吧？”他接着笑呵呵地开了一个玩笑。

汤姆脸红了一下：“不，没有，先生。关于你的秘书在我国遇到的事情再一次向你表示道歉。”

“请不要再提这件事儿了！”宽吴举了一下手，“我也不会再提起这件事儿了，我们的安保人员正在调查此事，但还没有找到线索。”

相互介绍以后，这些A国人乘车进入市区，汤姆和他的一行人员饶有兴趣地看着这个虽小但很繁华的城市，市民住的肮脏小屋和破烂的楼房正在被粉色的、黄色的和白色的混凝土建筑取代。

在城市的一角，有一个正在建设的玻璃结构的办公大楼，宽吴自豪地指给汤姆说，这是壮观的法院和漂亮的G国大学。

“你们的国家发展得非常快。”汤姆赞赏地说。

“如果我们两个省有高速公路连接起来，发展的速度会更快，”宽吴说，“整个国家会共享G国东部的矿产。”

大家来到经济发展部吃午饭，同时讨论汤姆的高速公路计划。

“我想对整个森林地区做一个飞行考察，”汤姆说，“但我想先进入森林的地面看一看地形。”

宽吴点头，“我明天早晨在因布鲁给你安排一个向导和行李工，”他答应汤姆，“因布鲁是雨林附近的一个小村庄。”

吃过饭，这些A国人和主人告别后，各自在城里观光。汤姆和巴德来到当地的市场闲逛。

这里的太阳很大，市场里人头攒动，服装各异，男人皮肤黝黑、身体健壮，穿着托加服，裸露出半个肩膀，匆匆行走。女人们穿着莎笼样的衣服，布料上有着各色小花，头上戴着艳丽的手帕。有些女人像印第安人一样带孩子——背着光着屁股的孩子，还有一些女人用头顶着食物或货品的盘子。

“我猜想这些盘子对于G国人来说相等于超市里的购物车。”巴德开玩笑地说。

有些商人把他们的商品摆在木制摊位上，有的干脆把它们摆在铺在地上的酒椰树叶或者香蕉叶上。商人们拿来大块的生肉、可乐果、大米、山药、玉米等让顾客们仔细查看。在这喧闹的场面中不断传来讨价还价的声音。

他们这时来到了一个木刻师傅的摊位前，想选几件纪念品。不一会儿，汤姆紧张得喘息起来，他拉着巴德的胳臂。

“快看！”他嘘声说，“哦！如果不知道他是象牙做成的，这和有毒胶囊的怪娃娃没有什么两样！”

汤姆觉得有一丝兴奋，也许这个小人会给他找到那个隐藏的敌人一丝线索！他注意到木刻师停下了手里的活儿，正在认真地看着他们。

汤姆指着这个小的象牙雕像问：“多少钱？”

“恩考毛恩托维。”雕刻师耸了一下肩，又低头做自己的事情了。

“可能他不会说英语。”巴德小声说。

“我打赌他会说英语！”汤姆掏出钱包，“我们想买这个雕像，请出价吧。”

雕刻师摇摇头。

汤姆坚持要买这个雕像。这个雕刻师有些激动，很多人围了过来，小声议论着，让人产生一种不祥的感觉。

“有什么事儿吗？也许我能帮助你们。”

两个年轻人听到熟悉的英语，转过头来，心情一下子放松了很多，原来是达西·克里尔从人群中挤到了摊位前。

“我想买那个象牙小人，”汤姆说明自己的想法，“但这个人好像不想卖。”

克里尔看了一眼这个小雕像，他的脸上瞬间闪过一丝不安，他用当地的一种语言简短地说了几句话，然后转过头来对两个年轻人说：

“雕像不是卖的，”他告诉汤姆，“它是当地的神，叫吴噢姝或者叫撒旦，这个雕像是圣物。”

“但我们在A国也看过同样的小雕像呀。”巴德脱口而出。

克里尔耸耸肩，“吴噢姝总被雕刻同一种形象，头型很奇怪，戴着药葫芦和子安贝壳的项链。收藏家有时能搞到一件圣物，但通常来讲土著人是不敢出售圣物的，他们担心会激怒神灵。”

汤姆和善地同意不买了：“好吧，多谢给我们解围。”

两个小伙子买了几件别的纪念品，雕刻师很感谢他们，又是鞠躬又是微笑，围着的人群也散了。

汤姆对克里尔还有些怀疑，他认为在铝箔“鸟”事件中克里尔有可能动过他斯威夫特家的文件。他想验证一下克里尔的解释，于是他利用返回“蓝天女王”之前的时间，给宽吴打了电话，跟他说明了象牙雕像的事情。

“你的克里尔这位朋友是非常正确的，”宽吴回答说，“在这个地方到处可以看到完全相同的吴噢姝雕像。”

“我想，我们这些线索断线了。”汤姆挂上电话后和巴德说。

第二天早晨，“蓝天女王”起飞去因布鲁，这个村庄有些散乱，位于一个河的土岸上，河水向东流进林地。

这几个A国人一起下了飞机，接待他们的是一个高个子的本地人，他穿着破旧的卡其布短裤，褪色的T恤衫，头戴印花无檐帽。

“我叫阿考茂，”他告诉汤姆，“我是你的向导，行李工和船都准备好了。”

“非常好！”汤姆和向导相互击了一下手掌，把其他人介绍给他，“我们把东西装上船后就出发。”

他们将逆流划船几千米后到达丛林，然后步行前进。汤姆一行人从飞机上搬下来必需的物品。喜欢饶舌的村民们也过来帮助行李工们把这些东西抬到河岸，然后装在两条长独木舟上。

“这是我看到的最大的独木舟。”巴德说。

村民搬运物品时，这些A国人发现一群安科莱牛群在山坡的草地上吃草，这些牛的角很像里拉琴一样。

“是呀，这些漂亮的牛。”乔评论着这些牛。

汤姆和伙伴们欣赏着牛群，牛群中有一头公牛抬起头，瞪大眼睛看着这群外地人，用蹄子刨着地，没等A国人意识到可能的危险，只听公牛大叫一声，全速向人群冲了过来！

第七章 发狂的大笑

发疯的牛群向他们扑来，汤姆和朋友们吓得四处逃散，但是乔却表现出只有牛仔才有的那种闪电一样的灵活，他没有和大家一起乱跑，把手伸向腰间的一圈绳子，说时迟，那时快，他马上结了一个绳套，把绳套甩了出去，正好套在公牛的头上。

套索刚好落在目标上的时候，乔趁势快速把绳绕在附近的一棵可乐果树上，一下子把公牛摔在地上。

公牛发狂地喘着粗气，想要从地上站起来，但是乔快步赶上去，抓住它的犄角，把它的头扭了过去，于是牛彻底地摔倒在地上。

“噢！噢！凯！凯！”

当地的牧民，大叫着、欢呼着，跑了过来，和乔一起按住被制伏的公牛。不一会儿，矮胖的厨师变成了村民的崇拜对象了。

“伟大的公牛武士，他们这样称呼他。”达西·克里尔笑呵呵地给大家做翻译。

汤姆和其他人一个个热情地握手。“干得不错，老头儿！”汤姆对他说。

“没什么了不起，小菜一碟，”乔谦虚地说，“如果你们像我一样，给那么多牛打过烙印，你就不觉得这算什么了。”

一个胖胖的村里的女人抓紧乔的胳臂，“欧尼阿呀！”她崇拜地说。

“她说你是勇敢的人，”阿考茂插嘴给翻译一下，他笑了一下，接着说，“她没有丈夫，我想她是想嫁给你。”

乔的脸一下子红了起来，然后吓得又白了。

“他们两个是很搭的一对胖子，”巴德故意把压低的声音说得大一些，“大小和重量都很搭。”

其他的A国人跟着狂笑起来。“现在你该闭嘴了，巴德小子！”乔怒吼起来。

很快人们把物资和设备都安全地装上了独木舟，汤姆和汉克·斯特林握手告别，汉克和另外两名队员留下来看守“蓝天女王”。

“多加小心，机长！”汉克提示说。

“好的，你也多加小心。”汤姆回答说，“几天以后我们会回来的，在这期间保持无线电开机，注意收听我们的报告。”

几分钟后，他们上船找到自己合适的位置坐了下来——汤姆、巴德和阿考茂坐在前头的船上，乔和克里尔坐在另一条船上。村民们边喊着告别的话语边帮助他们把船推到了河的中流上面。

船桨落在水面上泛起水花，独木舟在浑浊的水面上飞速向前，河的两岸上布满成片的油棕、红树和竹子，船公的肌肉在阳光下更加明显，很快上面就浮现出一层汗水。

河流向更加茂密的植被伸沿进去，前面就是雨林——绿色、昏暗，还有些神秘。

“看到这些，你一定想着里面都有什么东西吧？”巴德小声说。

两条巨大的鳄鱼从附近的沙滩上跳进河里游开了。

“哟！它要是不动我真的看不出来。”巴德紧张地吸了一口气。

独木舟进入了森林，树越来越高，越来越大，有的已经有60多米高，宽大的树冠把林地笼罩在淡绿色的光影中。

很多树下面的树根露在地面上，伸得很远，藤本植物和攀缘植物已经开花，弯弯曲曲悬挂在树枝上。地面上交织地长着密密麻麻的植物，足有一人多高，很多的叶子都有淡淡的红色或紫色。

“这些植物从来得不到太阳光的直接照射，”克里尔解释说，“所以这些红紫色的植物能吸收上面没有被绿色植物吸收的阳光。”

乔咕哝着说：“还没等从这个林地小溪水中出来前，我可能就已经变成红紫色了！”他一边擦额头上的汗水，一边小声地说。

芦苇和水草越来越多，船桨的划动速度也慢了下来，最后河流拐一个直弯，变成了一片沼泽湿地，大家在这里把船上的东西卸了下来。

吃过简单的午饭后，行李工扛起各自的物品，大家开始向森林的东部进发。伯洛的考察队留下的小路依稀可辨，森林中的植物生长很快，已经长高了很多。

汤姆看着这里的地形和环境，越发佩服前期的考察人员，说：“现在我们知道这些人需要克服的困难了。”

走了一会儿后，跋涉者们发现有一大群行军蚁横在路上，让他们无法前进。

“谁都赶不走它们，只有火才好用。”阿考茂跟汤姆说，“有时火也不灵，最好的办法就是我们在这里等。”

乔蹲了下来，从头上摘下他的斯泰森牌帽子，给自己已经拉长的脸扇风。“我只能说这样的事非常烦人，”他粗声粗气地说，“一个非常有尊严的牛仔不得不束手无策地等着一群行军蚁通过。”

“被行军蚁蜇过没有？”克里尔问道。

“如果没有被蜇过，我想它们是没有落在我们的身上，被蜇了是什么感觉？”

“就像是一根烧红的针刺进皮肤后就留在里面了，”克里尔回答说，“你可以把它们的身体或头拉下来，但是行军蚁的嘴仍蜇在你的肉上，当地居民曾经用行军蚁缝合伤口。”

“甚至大象都怕这种蚂蚁，”阿考茂补充说，“我曾看见过一只豹被这些蚂蚁吃得只剩骨头。”

乔张大了嘴巴。“那么我们坐这里待一会儿没有问题吧？”他说。

等蚂蚁让出道路后，两个多小时的时间过去了，于是他们继续前进。赤道的天上已经出现了星光，阿考茂让大家停下来。很快他们搭起了帐篷，点起了篝火，蟋蟀的叫声响成一片，时而被森林里动物的叫声打断。

“丛林里的这些动物一定非常狡猾，”巴德说着俏皮话，“我连一个都没有看清楚，只看到了几只猴子。”

就在这时树上掉下来一个东西，刚好砸在他的头上。

“哎哟！”

克里尔捡起这个东西，把它凑到火光前，样子像是一个放大了的松子。“你话说得太早了，巴德。”他说。

“这到底是什么东西呢？”乔问道。

“一个长尾穿山甲——真正的大奖！”

穿山甲是一种食蚁兽，它现在蜷成一团，把头藏在尾巴下面，全身表面上都是硬硬的、相互叠在一起的鳞片。

“你的头上一定有特殊的东西，这才会吸引了奇怪的动物。”汤姆戏弄着巴德。

“这样说来我得换个新的脑袋！”巴德笑着说。

大家吃过午饭后，穿山甲好像才同意把自己的身体展开。这个小动物的鼻子尖尖的，尾巴长长的，肚子下面是白白的。在克里尔的诱骗下，穿山甲开始用它的软长的鼻子舔吃肉末和拌鸡蛋了，它的鼻子弹出和收回的速度非常快。

“这是我们的第一件动物标本！”克里尔高兴地说。

“都怪你！”巴德抱怨地说。

那天晚上，汤姆半夜被吓醒了，他的耳朵里还回响着可怕的声音，静静的夜晚被吓人的哀号声和吠叫声打乱，最后是一阵尖声的狂笑。

“我的天呀！这样说来我不是在做梦！”

巴德扒开自己的帐篷，走出帐篷来到汤姆的身边，这时又传来一阵疯狂的大笑声，让两个年轻人后背发凉。

“这到底是什么呢？”巴德有些害怕地自言自语。

“没有什么可怕的，是土狼的叫声。”阿考茂说，他搅着篝火，火烧旺了起来，两个年轻人看到树林中土狼发光的眼睛。

乔刚好把头探出帐篷，放松地笑出了声：“我可怜的睡意呀，我以为是这个巴德小子又在开玩笑！”

第二天上午大家又出发了，克里尔兴奋地大喊起来，同伴们顺着他指的方向看去，正好看到有一只火鸡一样的鸟在草丛中跑。汤姆发现，它的头上长了一撮白色的羽毛。

“这是一只刚果孔雀！”克里尔大声说。

“我们管它叫姆布鲁。”阿考茂补充说。

克里尔转过身来看着阿考茂："你原来看到过这种鸟？"

阿考茂耸耸肩："可能看过三四次吧。"

"这有什么奇怪的？"巴德问克里尔。

"啊，这种鸟只是最近才被发现的，除了刚果以外还没有在其他地方发现的记录！如果在G国的森林中有这种鸟，可以想象，我们在其他地方也会找到它！"他转过头请求汤姆说，"给我点儿时间跟踪这个鸟吧，至少有足够的时间给它拍几张照片！"

汤姆对他的怀疑一下子变得有些强烈，克里尔能否利用孔雀要出花招来离开大家，搞一些与那个阴谋有关的新的阴谋呢？

没等年轻的发明家回答，巴德说话了："太好了，我和你一起去！"

从巴德脸上闪过的表情看，汤姆估计巴德作为他的老朋友，也有所怀疑。

"好的，这样行李工也可以休息一下，但不要走得太远。"

按照汤姆的建议，阿考茂安排两个人陪着巴德和克里尔，很快他们就消失在草丛中，其他人放下背上的物品，准备等他们回来。

很快就到了吃午饭的时间了，乔用他们带来的粮食给大家做了很好吃的午饭。汤姆静静地嚼着口中的饭菜，在思考着。时间慢慢地过去了，但是还没有看到追鸟人回来的身影，整个下午都要过去了。汤姆有些着急，在想让克里尔离开大家是不是错了？如果克里尔和敌人是一伙儿的，那么巴德是否安全？一旦他们进入丛林，离开了大家，任何意外都可能发生。

汤姆终于无法忍受这样拖下去了，说：“乔，我要去找他们！”

“不能没有我，头儿。”

两个A国人带上阿考茂一起焦急地进入了丛林，乔和向导都很容易找到迷路的人。离开营地十分钟后，阿考茂像雕塑一样，突然停在那里不动了。

汤姆和乔马上注意到了向导的反应，顺着向导的眼睛看去，他们头顶上的头发都竖立起来了，有一群身材高大的土著人突然从树上跳了下来，凶狠地用长矛指着他们。

第八章　巫术的决斗

乔呆呆地看着这些人拿着长矛，在接下来几分钟死一样的宁静中，汤姆几乎听到自己心脏扑通扑通的跳动声。

这些土著看起来身高有两米，他们穿着缠腰布，左肩挂着未出鞘的生铁大刀，他们的武器和脖子上都有玻璃珠，脸上都有着部族的文身图案。他们一句话也不说，慢慢地包围过来。

“不要动！”阿考茂紧张而低声地说。

“他们是什么人？”汤姆问。

“万古鲁人——他们住在森林里。”

现在这些土著近到可以用长矛刺到汤姆和两个同伴了。

“噢库！”阿考茂和他们打招呼。

万古鲁人不做回应，他们的脸上冷漠而严肃。汤姆注意到他们大都盯着自己。最终有一个土著讲话了，用命令的语气说：“哇！”

“他说跟他一起走。”阿考茂翻译说。

“去哪里？”汤姆问。

阿考茂用土著的话反复问这个问题，但这个土著只做了简短的回答。

“他希望我们到他的村里去，”阿考茂解释说，“我们最好和他们一起去。”

“我们无法和他们争辩。”汤姆同意和他们走了。

这些端着长矛的人带着汤姆三人在草丛中前行，不一会儿他们来到了踩出来的一条小路。又过了几分钟，他们看到了万古鲁村庄——在一片空地上有几幢草顶的房子。村里传出击鼓的声音，随着他们的走近，声音越来越大。

“击鼓的人正在通知整个森林说我们到来了。”阿考茂小声说。

“森林中的电报呀。”汤姆小声和乔说。

在汤姆等人走进村里时，男人、女人和孩子一下子拥了出来，看着他们。突然乔结巴起来，手指向一个小房子。

那个房子的门口放着一个人头骨！其他别的房前也有同样吓人的战利品。

“我——我——我的天呀！”乔颤抖起来，“这些男人一定是食肉的人。”

汤姆认为这在现代是不可能的，但是眼前的情况他有些搞不懂。他开始为巴德、克里尔和两个行李工感到不安，是不是他们也被万古鲁人抓住了呢?

大家来到了村中心停了下来，持着长矛的人都立正站着。

这时，从一幢房子里走出一个男人，他穿着油乎乎的裹身上衣，脸面很冷而森然，他的下巴上长着一缕灰色的胡子，脖子上挂着一个小皮口袋。在他走近三个被俘者时，持长矛的人向两边分开。

“部落里的巫医，”阿考茂小声说，“小口袋里面装的是他的格里格里斯——魔法护身符。”

巫医在汤姆的面前停了下来，他的眼睛里闪着威胁的目光。年轻的发明家以同样的目光看着他。汤姆知道他这是在威胁自己，所以来个先发制人。

“问他为什么把我们带到这里，阿考茂。”

这个巫医显然会一些英语，用嘲笑的口气直接插话，“你，珠珠人，呃？”他问汤姆。

“珠珠人？这是什么？”

“他的意思是你有魔法，”阿考茂解释说，“我想他已听说你来建设高速公路的事情了。”

汤姆感到很震惊：“他是怎样知道这件事儿的呢？”

“你还没来到这里前，鼓声就把消息传过来了——一直传到G国东部，他们告诉这里的人们，先前有人是如何在森林中修一条大的路，而且没有修成。但现在，奥巴——他是G国的统治者——请来一个年轻人，这个人能造出一个巨大的可飞行的机器，这种机器还可以在水里面走，他能建设出一条非常大的路。”

汤姆笑了一下，说：“如果他们喜欢用‘珠珠’这个词儿，那就叫‘珠珠’吧，在A国我们管它叫‘科学’。”

年轻的发明家的微笑好似激怒了这个巫医，“珠珠在森林里不好！”他大嚷着，“吴噢姝和嗖嗖高是森林里的禁忌！”

吴噢姝——是一个恶神，这个名字引起了汤姆的注意，嗖嗖高，按他的理解，一定是另一个神。

这时，巫医还在发怒地喊叫着，语言中混合着少量的英语和他的土著语。阿考茂不安地解释着，他是在警告汤姆不要在森林中修路，否则的话巫医要施可怕的魔法对付他们。

“如果说人们修路是为你和你的人民呢？”汤姆义正词严地说。年轻的发明家试图告诉他们，万古鲁可以和其他别的部落做生意，而且还会得到更多的食物和商品，但这些话反倒引来了这个巫医新一轮的愤怒。

“欧纳利说空话的老家伙。”乔小声说。

汤姆感觉到，部落的这个巫医之所以有这个态度，部分的原因是刁难，非常有可能他是忌妒这个年轻的珠珠白人，可能过一会儿他还会挑起这些部落里的巨人们攻击汤姆的队伍。

汤姆突然想起了一个主意。“好吧，”他告诉这个巫医，“我们看看谁的珠珠更有威力，让你最有威力的神灵过来攻击我吧，然后我就会给你展示出我的威力。”

阿考茂沮丧地叹了一口气，甚至巫医也被汤姆鲁莽的挑战吓了一跳，然后威胁地笑了起来，露出他发黄的牙齿。

“凯！”巫医高声地说，“现在你就看看森林之神显灵吧！”

他随即返回到自己的小屋。整个村庄安静下来，安静得让人不安。很快巫医又走了出来。他头上戴着用波罗麻织的头罩，上面印着奇特的图形，头罩把他的头和肩膀都盖了起来。头罩的上面装饰着长长的驴毛。他的一只手拿着一只葫芦，另一只手拿着一把双头雕花斧头。

族人们发出一阵恐惧和敬畏的声音，巫医指示鼓手慢慢地敲鼓，然后开始跳舞。

阿考茂已经发抖了，“他把他的脸盖起来，他变成了怪物，”向导解释说，“那个药葫芦是吴噢姝的，那把斧头象征前嗖嗖高，就是雷神。”

伴着舞蹈，巫医开始吟唱和哀号，他到处地跳，嗓音达到了让人难以忍受的高度。

“光是这个叫声就能把人吓懵。”乔发表自己的看法。

咒语终于念完了，族人们惊讶地看到这两个外来人还毫发无损地站在这里。

这个乡村巫医又回到自己的小屋，一会儿又出来了，这次没有戴头罩，也没拿另外两个装备。“吴噢姝和嗖嗖高和我说话了，”他举起了五个手指，“他们说你活不了几天了，所以你必须离开森林，否则的话你们所有的人都会死去！”

巫医转过头看着村民，用他的土著语和他们重复了他的预言。

“好的，现在该轮到我了，”汤姆接着对阿考茂说，“告诉他们我要在空中召唤来最有威力的鼓——但这些鼓谁都看不到。这些鼓将为我们的到来演奏，因为我们的工作会给G国的全体人民带来好处。”

“你这到底想干什么呀，头儿？”乔问道。

“等着瞧吧。”汤姆说着掏出一个像铅笔一样的银色的东西，这实际上是一个小型大功率的双通道无线收发机。“你们为自己祈祷吧，”他咕哝着说，“但愿我们在这么远的距离可以收到最强的信号。”

打开收发机后，汤姆把“铅笔”头儿对着自己的嘴，“汤姆呼叫‘蓝天女王’。听到请回答。”

很快，汉克·斯特林回答：“‘蓝天女王’回答汤姆……有什么情况，机长？”

“现在没法解释，汉克，记得我在利奥波德维尔部落舞会上用的录音磁带吧？就是我们去核爆炸洞穴的那次，把它放在录音机里，准备播放。”

“收到，”过了一会儿，汉克说话了，“一切准备完结，机长。”

汤姆大声回答：“鼓声响起来！”然后马上把音量调到最大。

一阵强有力的音乐声响了起来，响遍了整个森林空地。土著们吓得向后退去，眼睛发直地看着，他们盯着汤姆，左右看着村子，看着树顶，好像是在等着这些看不见的鼓手现身。

鼓声还在继续，伴着当地的笛子和葫芦敲击声，万古鲁人被这不可抗拒的节奏带动了起来，他们跳起了舞蹈，唱着歌，挥舞着手里的长矛，跺着脚。很快雀跃的人群围着汤姆、乔和阿考茂跳了起来。音乐停了以后，他们向年轻的发明家欢呼、喝彩。

“他们说你是所有森林中最有威力的珠珠人！”阿考茂得意地报告说。

“我可怜的音乐锅碗瓢盆呀，你在那个巫医面前露了一手！”乔补充说。

巫医已经退到了人群以外，忌妒让他的脸变得非常不自然。汤姆觉得现在是争取他的最好机会。他来到了巫医身边，主动教他如何使用“格里格里斯”。

“这是一个无线电收发机。”他说，“这是一种魔法。”

起初，这个巫医看起来不太相信汤姆会把这样一个强大的魔法借给他使用。年轻的发明家告诉他如何使用这个设备。他开始认真地听着，然后说他看过一个大型的收音机。他拿起这支“铅笔”，向前走了几步，也像汤姆那样大声说，他会召唤来无形的大鼓。

“鼓声响起来！”他对着小的麦克风说，然后按照汤姆教给他的方法，把音量调大。巨大的音乐又一次响遍了小村庄，族人们又一次跳起了舞蹈。

音乐结束后，巫医过来拥抱汤姆。“我叫恩考鲁！”他指着自己说。

“我叫汤姆·斯威夫特。”年轻的发明家回以微笑。

“我们，兄弟！”恩考鲁认真地说，“现在我召唤吴噢姝和嗖嗖高，请他们不要伤害你。”

巫医再一次穿上他的仪式衣服，又念了一些咒语。等他折腾完了以后，汤姆发现太阳已经落山了。年轻的发明家希望允许自己和乔，还有阿考茂回到自己的宿营地。但恩考鲁告诉他要为他们举行一个宴会。

人们升起了巨大的篝火，女人们忙着准备食物，有好吃的炖肉、米饭和棕榈油炒辣椒，菜肴多得都摞了起来，主菜的上面是甜味儿的芋头和木薯糊做成的丸子。

乔哼哼着放松了自己的腰带。“真是太好吃了！我从来没有吃过这么好吃的东西！”

“谢天谢地，万古鲁人看来根本没有取我们的头。”汤姆笑了一下说。

恩考鲁解释说，这些骷髅都是部落内家里去世人的，死者被埋几个月后，人们把他们的尸骨挖出来，然后巫医来查看骷髅上有哪些好运和厄运的迹象。如果占卜的结果很好，就把骷髅留下来，摆在家门口，用来避邪。

汤姆吃过晚宴，告诉恩考鲁自己有四个成员是怎样失踪的，巫医答应马上派人寻找。

然后，部落的人护送着汤姆、乔和阿考茂回到了营地，汤姆看到克里尔和一个行李工已经返回营地，心里有些不是滋味。

“我们在追孔雀时，和巴德及另一个行李工走散了，”克里尔汇报说，“但不要着急，我保证他们明天早上会安全回来的。非常意外，一点收获都没有，连一张照片都没有拍到。”

乔对克里尔发怒地喊了起来，说他是傻子追天鹅——不会有收获。汤姆没有说什么，但内心里非常着急。

接下来的是焦急等待的夜晚。第二天早上他们正在吃早饭，一群万古鲁人向营地走来。汤姆见到他们马上跳了起来，心情放松地喊了起来——巴德和另一个行李工同他们一起回来了。

巴德的脸色有些发青、浑身发抖。“等一下我告诉你我看到的东西，汤姆！”他气喘吁吁地说，“你是绝对不会相信的！”

第九章 会说话的鼓声

巴德满眼血丝，他的卡其布衬衫和短裤都被刮烂了。

“放松一些，哥们儿！”汤姆笑了一下，“我们一定会相信你的，但你得先吃点儿东西。”

“我一切正常，不要这样！”巴德咆哮起来，“我们看到恐龙了。”

汤姆听得嘴张得大大的：“你在开玩笑吧？”

“你听清楚了，我看见——恐——龙——了！”巴德说出这几个字的时候，脸都激动得红了。“昨天晚上它迈着重重的脚步来到了我们的营地，差点儿没把我们吓死。汤姆，那个东西有房子那么大！脖子很长，头像大蜥蜴。天呀！当我看到它的脸从两棵树间向我们接近时，我觉得差点一命呜呼！”

当地的行李工不停地点着头。

“我们退了出来，但非常迅速。”巴德汇报说，“我们怕它来追我们，它可能会把我们踩成肉酱，再把我们当成夜宵吃掉。但它们没有，我们听到它们在我们周围的林子里重重地走着，然后就离开了。”

达西·克里尔听着巴德讲着这个奇怪的故事，变得差不多和巴德一样的兴奋。“我都跟你说过，有报道说，在这个森林里有巨型动物！”他插嘴说，“而且，这与别人介绍的情况很一致，都是大型两栖动物，生活在热带雨林里的湖或河中，你描述的地点和这个地形非常一致。”

“请等一下，此事咱们先不深入探讨，”汤姆很谨慎地说，“关于大型两栖动物的传说，你是从哪里知道的？”

“这是在动物学的文献中介绍的。”

“有没有作者亲眼看到过这些怪物呢？”汤姆问。

克里尔脸沉了下来，“没有，但他们的文章都有很好的证据。”

汤姆开始思索起来，巴德的故事中说到了像个大房子一样的大型动物，一下子让他想起来艾德雷斯教授，博物馆的馆长提到过他的《生长过程》的理论。G国森林能让生物长得非常大？两米多高的万古鲁人，身高明显高过普通人的平均身高！

“我们甚至还不能确定巴德看到的东西就是恐龙。”汤姆大声地说。

“那么这是什么呢？”巴德反驳说。

“我们跟踪这种动物吧。”克里尔请求汤姆说。

“欧比姆比和我在白天跟踪了，”巴德说，他指着一个行李工，“从草丛的外面看，这种动物一定是进到流向我们附近的小溪或河里。后来的事情就是这些大个子的人找到了我们，我本想找到这个动物的来源地——如果他们有来源地的话——但这些大个子的人不让我们去了。”

“为什么不去呀？”克里尔看着这些万古鲁人。

“按照欧比姆比的想法，到森林深处闲逛是不允许的。”

汤姆看着这些巨大的土著，“请问一下他们是否了解我们这位朋友看到的那个大的动物。”他请求阿考茂。

向导把这句话翻译过去后，这些万古鲁人的眼睛里充满了恐惧。一个武士嘟囔着告诉大家：“他说他们并不了解这种动物。”

“他们想不想帮助我们找到它们？”汤姆坚持说。

听到这个要求，万古鲁看起来更加不安了，他们用土著语跟阿考茂表示不同意这样做。克里尔还要问一些问题时，他们只是耸耸肩，避开这个话题。

“再说说不能去的这个问题，”克里尔有些生气，“我们不需要他们的帮助，而且我们有自己的向导，等巴德和欧比姆比吃完饭，我提出追踪这个动物！”

汤姆摇了摇头：“我们最好不去了。”

“为什么不去呢？”克里尔不高兴地反驳，“这是这么多年来最大动物的发现！”

“我们来到这里是为G国政府解决一个紧急项目的，”汤姆明确这次来的目的，“我也想找到这只恐龙，但以后还会有机会的，等我们开始修建的时候吧。眼下，我认为我们还是先了解这个森林地区的地形情况。”

大家请万古鲁人一起吃营地的早餐。吃过早餐后，在他们要返回村庄之前，汤姆给他们带上了一些买来的东西，然后告诉阿考茂和行李工拔营出发。

“我们返回因布鲁。”年轻的发明家告诉大家。

在回去的路上，汤姆做了几个油钻，这样才能了解雨林的地下结构。他们又乘上长长的土著的独木舟，到中午的时候，返回了因布鲁。

“欢迎你们回来！”汉克·斯特林大声说。

他和“蓝天女王”上的其他成员从河岸上跑下来，“对了，机长，”汉克接着说，“我们非常想知道你敲鼓那段事情的缘由。”

汤姆呵呵地笑了，并给他做了解释，然后他登上飞行实验室，把得到的结果汇报给G国东部政府。年轻的发明家说，他打算一个小时后沿着预计通往G国东部高速公路的路线做空中勘察，然后回到A国。

几位A国人刚吃过午饭，宽吴就从G国首都打来电话，汤姆赶紧返回飞行舱接电话。

“你想在东部省降落不？”宽吴问。

“如果有必要我们就降落，先生。”汤姆回答说。

“那么，有人邀请你到非钢有限公司的总部去一下，”宽吴接着说，“公司的总经理，汉斯·麦克林先生特别希望你和你的团队去他那里做客。”

“告诉他，我们非常愿意。”汤姆非常高兴有机会多了解一下这个公司，这家公司得到了可以开采G国矿物资源的授权。也许他还可以找到阻挠他在G国投资的那个阴谋者的线索。

吃过午饭，全体人员马上出发，很快，“蓝天女王”用它的喷气推举器直接起飞，在森林的上空向东飞去。

从天上看，雨林的面积很大，像一个翻滚的绿色海洋，一个个树冠像是无数个菜花头一样，时而有一些特殊的树木超过周围的树冠，傲然耸立。在葱绿中点缀着粉色的、黄色的藤本植物的花朵和木本植物的花朵。

“从天上看到的好像没有比地面上看到的多。”巴德说出自己的看法。

“至少我们知道下面是什么样的。”汤姆说。

飞到路途的一半的时候，两个年轻人注意到绿色的森林断开了，取而代之的是一条无树的地带，像是在森林上的一条伤疤。

“下面就是伯洛无法修路的那块沼泽地！”汤姆大声说。

汉克和克里尔来到前面的飞行舱，汤姆降低了飞机的高度想仔细地看看这个奇怪的“伤疤”。从下面升起的一股热浪冲击的飞机，下面的沼泽地不停地涌动着，好像有地下变构。

“你认为是什么原因引起的这种现象？”汉克问，“地壳上有火山断裂带？”

汤姆用双筒望远镜研究地形。“可能——但与我听说的情况都不一样，”汤姆对克里尔说，“你了解这方面的情况不，达西？有内部消息没有？”

克里尔摇摇头：“我见过很多的森林沼泽，但没有见过这样的。”

“想下去调查一下？”巴德问汤姆。

年轻的发明家想了一下说：“不用了，我想眼下在这件事上浪费时间没有用，巴德。”最后他说：“从我们这里看，伯洛是正确的——这些黏糊糊的东西真的无法支撑起路基。”

“那么，天才的男孩，你有什么解决方法吗？”

汤姆耸耸肩，说：“找一个办法蛙跳过去吧，也许这是可能的，我还期望找到某种高空的方式完成这个计划。如果想在短时间内完成这项任务，我们没有时间在这片荒野的地面修路了。”

飞机回到了飞行航线上，他们很快在G国的科波维尔降落了。这里是森林的尽头，是一片起伏的沙漠，远处是高地上的无边的林地。

科波维尔这座城市位于滨江地区，这里的房子都是铁皮的房顶，城市比较脏。炼油厂的黑烟让它更加昏暗，再往内陆走就可以看见一个露天矿，这里的挖掘机和蚂蚁一样的人们正在工作。

接这些A国人到非钢有限公司的汽车已经等在这里，汉斯·麦克林是公司的经理，在这里迎接他们。他身材厚实、红头发，人已过中年。

“我听过很多关于斯威夫特企业集团的科学成就，”他告诉汤姆，“如果你的工程技术能把两个省连接起来，这将对我们非常有好处。”

他带着客人们参观了广阔的矿区和铁矿石加工厂。

“铜是你们的主要出口产品吗？”汤姆问。

麦克林点点头，回答：“到目前为止——但这个国家的矿产资源还没有开发出来，我们在河的上游有一个砂积金矿，还有价值连城的锰、铌铁矿和铂。”

“你怎样把矿石运出去呢？”汤姆问。

“采用各种原始的方法——工人们用肩膀扛着篮子，走很远的路，来到有公路的地方，然后装上卡车。当然了，如果建好了高速公路，矿石就会被直接运到G国的其他港口了。”

那天晚上，汤姆和同伴们与矿业公司的一些员工在麦克林宫殿一般的别墅里共进晚餐，这里长满了棕榈树。麦克林穿着白色的晚餐服，留着牙刷一样的小胡子，样子很像英国的帝国缔造者一样，他向汤姆了解高速公路的计划。

“伯洛公司这个团队非常有经验，”汤姆承认，“坦白地说，如果是建一般性的公路，我不敢说我能争过他而赢得投标。”

“你会怎样开展这个项目呢？”

“我现在还不知道，我原来想过一种原子汽车运输系统，但现在看到你们的矿井作业，我想一定要有太多的原子汽车才能满足你需要的运量——这对这里的土著也不会有太大的帮助。”

说完这些，汤姆换了一个话题，他提到巴德看到的类似恐龙一样的动物，他还问了主人关于那片黑色翻滚的地区，但麦克林对于这两个神秘的现象一无所知。

“G国的森林让人不敢靠近，所以对里面的事情了解得很少。”他告诉汤姆。

吃过晚饭，汤姆和主人一起大步来到户外，感受晚间的凉爽。附近的森林在月光下变成了暗绿色，汤姆的耳朵这时听到了击鼓的声音。

“森林电报，”汤姆好奇地说，“你能听明白里面说的是什么吗，先生？”

麦克林听了一会儿，随着鼓点儿的进行，他的脸上出现了惊恐的表情。

“这有些奇怪，”他自言自语说，“鼓声说，可怕的命运正在等待着一个年轻的珠珠人，他来到这里要毁坏任何人都不能动的森林。如果怕死就不要帮助他！”

第十章 聋人听闻的消息

汤姆虽然胆子很大，但听到这些奇怪的鼓声不觉一阵恐惧。

“我说，”麦克林停了一下，“你确定你要启动这个高速公路的项目吗？”

“当然要启动，为什么不呢？”汤姆的语气听起来比他自我感觉更加自信。

麦克林皱着眉头，用手捋着自己的小胡子，“这个项目可能要比你想象的麻烦得多，也可能是非常危险的。”

他担心地看了一眼年轻的发明家。

“有人已经用了很大的努力想让我收手。”汤姆说。他告诉主人自他离开肖普顿以后发生过的那些神秘事件，汤姆直率地补充说：“先生，你对这些麻烦后面的人有什么见解？”

“G国到处都是政治激进分子，”麦克林有些焦虑地说，“很多土著族喜欢脱离G国中央政府，让这里变成一个单独的国家。因为你的高速公路会把两个省连接得更加紧密，他们便会认为这是对他们计划的一个威胁。”

“所以他们会全部出动来阻止我？”

“完全是这样！现在你也许理解为什么我说这个项目很危险了吧？”

那天晚上，汤姆回到了“蓝天女王”，和巴德讲了与麦克林谈话的内容。

“鼓声听起来有些奇怪。”巴德不安地说。

“是有些奇怪，麦克林翻译的信息是正确的。”

巴德看了一眼年轻的发明家，问：“你觉得他是在撒谎吗？”

汤姆耸了一下肩，说：“他也可能是想吓唬我。”

这时达西·克里尔来到了飞机的寝室舱，汤姆随便地转过头来问他：“你能听明白今晚森林里的击鼓声的意思吗？”

“击鼓声？”克里尔感到有些奇怪，“对不起，我好像没听到什么鼓声，怎么提出这样一个问题呢？”

“只是好奇。”汤姆打了一个哈欠，平躺在床上了，装出什么都没有怀疑的样子。

他几乎完全肯定，听到鼓声时他看到克里尔在别墅的外面。当然克里尔可能没有注意到鼓声，年轻的发明家认为也有这种可能性。

第二天早晨，“蓝天女王”已经在太平洋上空飞行了，这架巨型飞机正朝向A国的海岸方向下降，一架直升机飞过来迎接它。

“‘蓝天女王’，这里是216直升机，听到我没有？”

汤姆对着麦克风回答：“收到，非常清晰。”

“直升机呼叫‘蓝天女王’，你可以停下来吗？有人想上你的飞机。”

汤姆对于这个呼叫感到有些奇怪，“你是哪位？”他问道，“你有什么事情？”

“我是商业飞机的驾驶员，斯威夫特先生，”对方回答，“但我的乘客说非常紧急而且重要，他需要马上见到你，不等降落就见你，他叫科科伦。”

汤姆和巴德相互看了一下，觉得有些不可思议，“可能是一个圈套。”巴德小声说。

但是汤姆还是有些好奇，于是向直升机驾驶员提出几个问题后，认为可以满足对方的请求，不会有危险。这样“蓝天女王”减速停了下来，高度下降到150米的高度，借着喷气推举器飘浮在空中。直升机飞到汤姆巨型飞机的上面，放下一个绳梯。

一个光着头的年轻人从绳梯上爬下来，他穿着宽松裤和运动夹克衫，从“蓝天女王”的侧舱门爬了进来。汉克·斯特林搜查了这个陌生人，看他身上是否藏着武器，然后带他到前面的飞行舱。

“我是联合社的记者。”科科伦告诉汤姆和巴德，双方握了手。

“你见我想要做什么呢？”汤姆问。

“实际情况是，是我想见你的朋友。”科科伦说。他看着巴德接着说：“我被授权给你提供1000美元，请你以唯一目击者的身份给我们介绍一下你看到的恐龙。”

“什么！”巴德大吃一惊。

“你听我说过了，1000美元，我这里就有支票——都已经准备好了。”

巴德的脸一下子红了。“看——看，”他有些口吃了，“我不知道你是怎么知道这件事的，但是——”

“是从G国得来的报告，”科科伦简要地解释了一下，“所有的通讯社都知道这个情况，今天早晨你会上头版的，兄弟！”

“好吧，我的回答是‘不行’！”巴德很快地回答。

科科伦看起来有些受挫，争取道：“如果你还想要更多的钱，也许我可以把价格提到1250美元，但这是绝对的最——”

“我的回答还是‘不行’。”

记者还想谈条件，这时汤姆把话抢了过来，他告诉记者，这个故事，没有证据支撑，可能有损于斯威夫特企业集团的科学声誉。

“但是这个故事是真的，对吧？”

“不管真与不真，都会让我们成为笑柄的。”汤姆反驳道，“现在如果你没有别的事儿，我们就要返回斯威夫特企业集团了。”

科科伦有些生气，离开飞机又回到了他租来的直升机上。“蓝天女王”降落在企业集团的机场上，汤姆弄明白了为什么这个记者这么热衷于这个独家新闻。他们被一群记者围了起来，要求采访汤姆和他的队员，年轻的发明家给他们做了一个简要的介绍。

“我们在森林的时候，我们中有一个人看到了一个大型的动物，但还没有最后确认。”他告诉记者们。有一个记者问这个动物是不是有些像恐龙？汤姆不置可否地笑了，回答：“对不起，不做评论。”

斯威夫特先生和哈伦·艾姆斯在“蓝天女王”的地下飞机库等着他们。

“我希望最好按照你自己认为合适的方式应对记者，孩子。”斯威夫特先生解释说，热情地抓住汤姆的手。

汤姆把整个故事告诉了他：“我没有给记者他们介绍细节，你认为我这样做是不是正确的，爸爸？”

“绝对正确，”老汤姆同意儿子的观点，“如果发表了这种没有事实为依据的耸人听闻的故事，全世界的科学家都会谴责我们。”

“问题是这个故事是怎样被泄露出去的呢？”艾姆斯说，“你有什么想法，机长？”

汤姆摇头，“没有，一点线索都没有，哈伦。”他告诉大家，他只和一个人提起过这件事儿，就是汉斯·麦克林。

“我回头跟他核实一下，”艾姆斯答应说，“还有通讯社。”

这个安全主任立即回到办公室，给联合社打电话。编辑告诉艾姆斯，消息来自一份电报。

“你能否与你们当地的记者核实一下——不要怕花钱——尽

最大努力找出来源？”艾姆斯提出了这个要求，“这件事儿非常重要。”

“好的，这可能会需要一些时间。”

放下电话后，艾姆斯给科波维尔的汉斯·麦克林打一个越洋电话，等了半个小时后，电话终于接通了。

“我向你保证，我和任何人都没提起过这件事儿，”麦克林告诉艾姆斯，“当然，参加晚宴的人中可能有听到了这件事情的，我尽力找一下这个人，然后告诉你。”

艾姆斯还在到处寻找，最后他向汤姆汇报，他感到有些失望，“故事是从一个打大猎物的人那传出来的，他是最近从G国飞回来的，”艾姆斯说，“没有人知道他的名字，他说他是从一个土著那里听来的消息。”

“可能是骗子，”汤姆陷入了沉思，“看起来这个看不见的敌人又行动了一步，哈伦。”

“是呀，他们想把斯威夫特企业集团搞成大家的笑柄，”艾姆斯同意这种分析，“如果我们的科学声誉不好的话，G国政府在建设公路这件事情上就不会相信我们，你拒绝讲解这个故事是非常正确的，机长。”

“我还是认为，消息的泄露一定是麦克林故意设计的，”汤姆思忖着，“对了，你都了解到麦克林什么情况了吗？”

艾姆斯耸一下肩，“没有什么，他开始是在南非的金矿做生意，没有人情味，但是作为经理他是非常圆滑和高效的。我会继续调查他的。”

中午的时候，奈德·牛顿从建设工厂过来，和斯威夫特父子两个讨论高速公路的项目，还想听听汤姆的考察之行。

汤姆介绍完自己的旅行后，牛顿先生问：“如果原子汽车不可行的话，你还有什么办法？”

“到目前为止，我还没有答案，奈德叔叔，但无论如何我们都必须找到优化高速公路建设的方法，否则，我就没有实力战胜伯洛公司的投标。”

电话铃响了，汤姆接起了电话，这是他的妹妹桑迪打来的。

“我想你是利文斯敦博士吧，”她咯咯地笑着说，“菲利斯和我正在琢磨，能不能请你们两个探险者明天晚上参加游艇俱乐部的舞会。”

汤姆大笑了起来，回答道：“巴德没在这里。妹妹，但我可以代表他和我回答你——就这么定下这个约会了。”

汤姆挂上电话后，看到乔推着餐车来到了办公室，给三个人摆上午餐。这次他的头上没戴他原来的厨师帽，而是一顶显眼的白色的十加仑帽子。

“我说！你这是搞一套全新行头，是不是呀，乔？”汤姆很羡慕地问。

“是的，头儿。帽子、衬衫、马裤，还有特别新的手工鞋，这些东西是我的牧场朋友寄给我的，让我在去G国工作的时候穿。”乔趾高气扬地炫耀着花哨的、新的西部衣服，“自从穿上这些衣服后，我每天都非常开心。”

厨师突然停了下来，盯着汤姆兴奋得发光的眼睛。

“出什么事儿了，年轻人？”

“出事儿？”汤姆拍了一下矮胖厨师的后背，力气有些大，差点儿把他拍倒了。“一点儿事都没有，老头儿！你刚才说自己非常高兴，这给我了一个全新的观点！……爸爸，我想出来如何解决我们的整个困难了，我们可以不在森林中修路，而是在树以上的水平修路！”

斯威夫特先生和牛顿先生两个人都觉得非常惊讶。

“我恐怕没有理解你要说的意思，孩子。”

汤姆继续兴奋地说：“在树冠上方建高速公路，我们可以省去在森林中开辟道路的麻烦！”

“非常好，但你想用什么支撑起这个公路呢？”奈德叔叔插嘴说，“它不应该是飘在空中吧！”

“正是飘在空中，”汤姆解释说，“公路用结实但非常轻的材料，用斥力束支撑，采用我的登月船和原子汽车同样的那种斥力波！”

汤姆拿起铅笔和纸，把午餐的碗碟往旁边一推，开始画他的计划。每隔很远的地方建设一个产生这种支撑射线的斥力发射器，安装这样的设备要比在森林中修连续的道路便宜很多，而且很容易。

“这是让人震惊的想法，孩子，”斯威夫特先生评价说，

“问题是，这个方案能否可行？”

“爸爸，我非常确定没有问题。”

“你说过的那片沼泽地该怎么办？就是阻碍伯洛公司开展工作的那个问题。”奈德·牛顿插话说。

“我和他的观点是一样的，也需要传统的路基，奈德叔叔，但是只需修改个射线发射器，情况就非常不一样了。采用打桩或混凝土浮桥，我看完全没有问题。或者在必要的情况下，我们可以把这个沼泽地冰冻起来，建立临时水下作业箱，再植入固体的填料。”

汤姆信心倍增，他整个下午的时间都在发明一种适用于修建道路的材料。他决定使用久长泡沫，这是由一种有真空腔的久长漂浮塑料改进后而形成的有空气腔的材料，同时使用久强纤维进行加固，久强原是他用来支承他的小型原子发电机用的超强的坚实材料。

第二天很晚的时候，汤姆在自己的实验室里安装好了一台机器还生产了这种材料。机器向一个长的、屋顶状的一个塑料室里喷出久长泡沫泡泡，被喷出来的泡泡与纤维混合。汤姆发现位于对面墙上的喷嘴被堵住了。

“天呀！”他厌恶地自言自语，“我得趟过这些黏糊糊的东西去清理一下。”

他穿上塑料外套和靴子，爬到梯子上，打开上面屋顶的观察窗，进到里面后跳到地面上。“混合材料”非常黏稠，已经有腰那么深了，年轻的发明家在这里行走得非常艰难，但还是一点点走到喷嘴附近，然后进行检查。他站在几米以外的地方，用金属丝进行清理，然后调整好它的出口大小。

“哟！我想这回不会有问题了，”汤姆自言自语地说，“现在喷出来的比较正常。”

汤姆这时想转过身来回到观察窗口，让他惊讶的是，他一动也动不了了！

“这些材料已经开始硬化了！”他明白了。

汤姆挣扎一会儿，一动不动，他努力调整不断紧张的心态。挣扎是没有用的——塑料泡沫正在硬化，变得和混凝土一样坚硬！他被陷在这里了。

“快来人救我！”汤姆大喊了起来，他不停地喊着，嗓子有些嘶哑了，但没有人回答。

意识到现在已经下班很长时间了，于是他开始有些害怕了，在能听到他声音的距离内已经没有人了。这时机器还在全力运转，一直在喷出久长泡沫，而控制开关还在混合室的外面，根本够不到！

几分钟后，他就会被埋在这些塑料泡沫里。

第十一章 怪诞的生物

汤姆调动自己的全部意识，让自己安定下来，他明白是室外的冷空气让这些混合物凝固的。

“我的脑袋太笨了，我进来的时候忘关观察窗了！”汤姆想。

如果他能够到观察窗，把它关上，就有可能让凝固的进程停下来。汤姆使出了最大的力气去够观察窗，没有用——他根本够不到观察窗。

他想起了第二个办法，他开始关闭喷嘴，让它的喷出口变小一些，这会减少它的喷出量，但他知道不能把它关得太小，如果喷嘴再堵住的话，整个机器就会因反向压力而爆炸！

这时，塑料泡沫的深度已经达到了他的胸部，而且很快就会凝固，他的呼吸现在已经有些困难了，他扭动着肩膀，拼死地扩大自己身体空间，他发现自己又一次紧张起来，全身冒汗。

突然汤姆听到实验室的门开了。

“汤姆！汤姆！你在吗？”这是他爸爸的声音！

男孩的嗓子感觉非常干，非常紧，很快他就无法发出声音了，他喊道：“爸爸！”他嘶哑地喊着：“我——在里面——在机器——里面。”

老科学家大吸了一口凉气，快步冲进了实验室，关闭了马达，问：“出什么事儿了，孩子？”

“这些久长泡沫凝固了，爸爸，弄些溶解剂——你知道配方的。”

斯威夫特先生赶紧来到化学药品架前，取下一个大的玻璃瓶，然后过来把瓶里的东西慢慢地倒进混合室。

几分钟以后，液体渗入到坚硬而且有孔洞的久长泡沫中，一层层地把它溶解了。最后，混合材料已经软得像稀泥了，汤姆可以活动了。他向观察室走去，爸爸伸出有力的手臂，把他拉了出来。

汤姆喘着粗气，全身发抖，全身沾满了白色的久长泡沫不住地向下滴着。“谢谢爸爸。”

斯威夫特先生帮助他脱下外套和鞋，然后笑了一下，安慰地拥抱了儿子一下。“最好先坐下，先喘喘气，孩子，我给你弄一杯水去。”

几分钟后，汤姆能够说话了，谈起了刚才可怕的经历，他说到了意外是如何发生的，然后笑了。“爸爸，这种久长泡沫凝固的速度比我想象的还要快。在修建公路使用这种材料时，我得加入少量的延缓剂。”

斯威夫特先生对汤姆最先进的科学工作极为感兴趣。年轻的发明家介绍了自己的塑料高速公路将采用悬空、慢速、低空飞行的方式铺设，更准确地说应该是挤压成形。为了完成这个工作，计划使用他新的喷字直升机，现在斯威夫特企业集团已经开始生产和销售这种飞机了。

父子两人认真地讨论着，这时斯威夫特先生突然大声说：“我的天呀！我几乎忘了我来这里的目的了。我今天刚好给家里打电话，桑迪让我到你实验室叫上你一起回家，这样你今晚的四人约会就不会晚了。”

汤姆顺从地笑了一下，“我也把这事儿忘了。”他说，“可爱的妹妹桑迪，她救了我的命。”

汤姆和爸爸一起开车回了家，洗了澡，然后换上衣服，白色的衬衫、领结、运动衫和宽松长裤。等他从楼梯走下来的时候，巴德已经到了，正好在客厅里和桑迪聊天。

“兄弟！谁说你必须等着女生穿衣服约会了？”巴德看了一下手表后，说着俏皮话。

“如果我不提醒他，他非常可能还深深地陶醉着做他的试验了。”桑迪噘着嘴说。

“的确有些深深地陶醉地做着自己的实验——事实是快到下巴那么深了。”汤姆呵呵一笑，但没有多说，因为他总是想尽办法不提那些危险的经历，他不想让桑迪和妈妈过度担心。

三个人和斯威夫特夫妇说过再见后，上了巴德的红色敞篷汽车，疾驰着去接菲利斯·牛顿。十分钟后，他们来到了游艇俱乐部。

两对年轻人坐在对着湖水的阳台上享受了一顿特别快乐的晚餐。他们刚要去跳舞，一个穿着白色上衣的服务生过来叫巴德的名字。

巴德请他来到桌子前。他告诉巴德："先生，接待室的电话找你。"

巴德说一声先离开一下，然后就去接电话了，有一个低沉的声音在电话的另一端和他讲话。

"你是巴德·巴克利先生吗？"

"是我。"

"这是关于——关于——关于你看到的那个奇怪的大动物，"打电话的人有些外国口音，"就这个问题，我能给你提供一些重要的科学信息，你感兴趣不？"

巴德被搞糊涂了，但觉得自己兴奋得心跳都加快了，"可能会感兴趣。你是谁，为什么会提供这方面的信息呢？"

"我的名字不重要，如果你能马上来雷夫路104号，我会给你这方面信息的。"

"请先等一下！我还想知道为什么——"巴德还想问一些问题，但是他听到对方挂断了电话。

他回到桌子旁，告诉汤姆和两个女生打电话的内容，"当然，也可能是一个疯子，”他总结说，“但我很想把这事弄得清清楚楚。”

桑迪有些惊恐，蓝眼睛瞪得大大的。“噢，巴德！”她大声说，“千万别去！可能是一个陷阱。”

菲利斯也说去了有危险。

“你怎么想，汤姆？”巴德问。

“我也说不好。我认为我们可以给警察打电话，让他们先侦察一下。”

“但这可能会把这个人吓跑的，”巴德不建议这样做，“假如这一切都是公开的，但这个人不想露面一定会有原因，或者他有别的原因想见我。”

汤姆略有所思地点点头，说：“也许我们两个一起去——但我先给艾姆斯打一个电话。还有，前提是两个女生不在意等我们一下。”

桑迪和菲利斯看到他俩态度很坚决，于是她们也想跟着一起去。但是汤姆和巴德坚决不想让她们冒这个险。两个男生答应她们一定小心，而且尽早回来后，两个女生答应在游艇俱乐部等他们。

汤姆和巴德快速来到接待室，汤姆在这里给哈伦·艾姆斯打了一个很长的电话，他告诉了这个安保主任关于神秘电话的事情，然后说：“如果我在九点半前没有回来，哈伦，就通知警察来找我。”

艾姆斯不安地迟疑了一下，关切地问：“你确定你这样做没有问题吗？机长？”

“我们这样说吧，我认为这个险值得冒，如果敌人与这件事有联系，我们就会找到更多的线索。”

“好的，汤姆，但是一定要倍加小心。”

“你看我不总是倍加小心的吗？”

艾姆斯用鼻子哼着说：“你又来开玩笑了。”

汤姆也呵呵地笑了，然后挂断电话，快步来到停车场，上了巴德的敞篷车，车子飞速前进，掀起了很多的石子。

他们转向雷夫路时，巴德调整着聚光灯，房子的门牌号看得很清楚。这个地区的房子都是老的住宅，前面都有很宽敞的院子。

很快巴德就在栅栏的砖柱上看到104的数字了，他把车开到私人车道上，在车前灯的照射下，他们看到一个巨大的木屋，有些破旧，悄无声息。巴德把车停了下来，下了车。

“从这里看，房子里面好像没人。”巴德小声地说。

“是空的，看这里挂着‘出售’的牌子。”汤姆说。

院子里长着奇形怪状的松树和杉树，草坪的草长得很高，里面掺杂着很多的杂草。他们小心翼翼地向里面走去。汤姆打开了便携小手电筒，寻找他们那个神秘报信人。

巴德紧张地笑了一下：“可能这一切只是……”

巴德的话突然停了，两个男孩被惊得一动不动，一个巨大的怪物，脖子很长，样子很像一个小型的雷龙，从树的后面出来，直接向他们走来！

第十二章 乔在航空线上的厄运

“我的天呀！”巴德小声地说，嗓子有些沙哑，“你看到的和我看到的是一样的吗？”

“看到了，一点儿没错，”汤姆回答说，“但我不相信这个！”

两个男孩看着这怪诞的场面眼睛都圆了，怪物离他们很远，汤姆的小手电照得不太清楚，但他们能看清楚它在行走时脖子左右摇晃着，怪物发出的叫声让两个男生后背发凉。

怪物从树后走出来时，汤姆屏住呼吸，怪物的某些东西让他觉得怀疑。还没等他说话，一道强烈的光线照了过来，把他们的眼睛照得瞬时什么都看不见了。

接下来就是震耳欲聋的尖叫、鸣叫和喊叫声，从树后和草丛中出现了很多的身影。

有一个声音大叫着：“你们看到汤姆和巴德的脸没有？天呀，我的天呀！他们已经彻底失败了！”

汤姆和巴德还在眨着眼睛，大喘着气，这时又有个闪光。等他们适应光线后，他们发现周围是一些十多岁的孩子，把他们围了起来——他们齐声地大笑着。

巴德认出了胖乎乎的肖普顿高中的全明星队员，叫出声来："罗克·哈里曼！"

"罗克最善于搞这些恶作剧了，我们应该能想到的。"

这时"怪物"也分解开了，原来是两个男孩一起装扮成马一样的形象，然后在上面安上了纸板做的脖子和恐龙头的造型。

"迪克·亨普斯特德和哈里·艾勒斯呀！"汤姆认出了他们，呵呵地笑着，遗憾当初没有认出他们，"我觉得那个小脑袋和长脖子看起来很熟悉，但我没看到有后腿呀。"

罗克得意地挥舞着手里的相机。"好呀，等我们把大家的照片洗出来的！"他粗声粗气地说，"我想把第一张照片寄给报纸——然后再寄给他们一个故事——'男孩看到了恐龙'！"

巴德的脸红了："好的，好的——我已经明白了，我想你们是给游艇俱乐部打电话的顽皮鬼吧？"

"是的，整个事情是一个天才的行动，我完全可以这样说。"罗克和他的同伴又一次齐声欢笑起来。

汤姆也忘情地大笑起来，说："我们咬钩了，非常好，鱼钩、鱼线还有下坠球。现在你们的恶作剧已经完成了，接下来我们搞一个聚会怎么样？到我们的游艇俱乐部好不好？"

汤姆的建议赢来了一片欢笑，这些搞恶作剧的男孩又叫来了一些朋友，大家开车来到了俱乐部，桑迪和菲利斯还在这里等着呢。

“我们在雷夫路挖掘出来一些活的恐龙，”巴德向两个女生解释，“所以决定搞一个聚会庆祝一下。”

这天晚上的活动非常成功，结束时，罗克·哈里曼从相机上取下胶卷，把胶卷交到汤姆的手上。

“这是给你的礼物，”罗克说，“你们是非常了不起的明星，由你来决定如何使用这些照片。”

汤姆放松地笑了：“我们会把它们放在镜框里的。”

第二天早晨，汤姆把汉克·斯特林和亚弗·汉森叫到自己的实验室，亚弗是斯威夫特一家最信任的一个技工，他总给汤姆的发明做第一个模型。

“这是有关建造空中公路的斥力发射器的信息，”汤姆说着递给他一些图纸，“发射器每千米设置一个。在预试验中，我需要6个。”

发射器的高度是3米，都有一个菱形的基座，上面有一根柱子，顶端以扇形开口。

“我们一个个地看，”汤姆说，“下面的菱形中是一个小型的原子能发动机，它为发射器产生动力。”

汤姆接着介绍，在柱子的上方是斥力的电子装置。

“支持高速公路的射线，”汤姆接着说，“从顶端的扇状开口发出，形成每秒数千次扫描——弧度足够支撑高速公路1千米长的跨度。”

“每个发射器上面伸出来的这些管子是做什么的？”汉克插

嘴问。

“他们向左右的高速公路发出射线，这些射线被反射后折向高速公路，这样可以把高速公路牢牢地固定好，防止公路摇摆。”

“射线是怎样反射的呢？”亚弗问。

汤姆取出另外一些图纸：“用这种双天线反射器，我们把它们固定在修剪好的树上。”

扫描射线，汤姆总结说，可以把高速公路抬到60多米的高度——远超过最高的大树。

“这是真正的森林空中道路呀！”汉克佩服地说。

汤姆笑了一下：“这倒是让我有了一个新的想法，汉克——我们就把它叫作‘斥力空中道路’吧。”

“这个名字不错呀，我们马上开始搞这些发射器吧。”

汉克走后，汤姆来到飞机库，想把它的喷字直升机改造一下。泡沫塑料将通过直升机大罐底部的一个开口喷出来，这个开口正好与路面的宽度相同。

乔进到实验室里，看着汤姆焊接喷字直升机的组件，问他关于这个全新铺路机的情况。

“它会喷出来高速公路，就像从一个巨大的牙膏筒往外挤牙膏一样。”汤姆解释说。

“用于桥梁工程呀，可真了不起，”乔佩服得五体投地，“你是不是一下子就能把整个高速公路挤出来？”

“不是的，喷字直升机每一次携带的混合剂只够铺一千多米的距离，但是每一部分会在塑料凝固时自动与前一段公路结合起来。”汤姆补充说，“我的画板上有两个飞行供应罐，你也可以叫它直升罐，用来给喷字直升机在空中加料。不过罐还没有建好，所以为了演示，我会用地面上的塑料罐卡车加料。”

不到一周的时间，汤姆已经准备好斥力空中公路的预试验了。人们已经在企业集团的围墙边上安装好了发射器，已经有很多员工在那里等待，观看马上要开始的试验了。

巴德和乔也等着看试验，巴德对乔说：“天呀，这下子你写信可有内容可写了！”

厨师的脸气得都要纠结到一起了：“说一句心里话，巴德小子，老乔将是第一个在汤姆飘在高空中的高速公路上行走的人，只有我才有这样的荣誉！”

巴德惊讶地转过头：“这怎么可能？”

“你就等着瞧吧，小子。”矮胖的厨师用力跺着脚走开了，还诡秘地呵呵地笑着。

巴德有些奇怪，这时看到汤姆驾着改造后的喷字直升机从飞机场向这边飞来，也很快就忘了乔吹牛的事儿了。年轻的发明家降下飞行高度，准确达到试验空中公路的高度，与发射器方向排成一线，然后开始向前慢慢飞行，同时从飞机的尾部倾倒出塑料的公路。

观看的人们发出惊叹的声音——接下来他们看到平整的白色高速公路，在没有可见支撑的空中像丝带一样飘着，大家开始欢呼起来，斥力波把高速公路稳稳地托举在60多米高度上。

“噢！”巴德非常惊讶地对亚弗·汉森说，“我想看看伯洛公司或者其他高人是不是也能这样铺路！”

整个路段眼看就要完成了，亚弗突然拉了一下巴德的胳臂。

“嘿，那是什么？是展示的一部分吗？”

一个小的空中平台——“一个飞行毯”或者“斥力毛驴”，这是汤姆为在月亮上做短程运输工作设计的——正在向试验场地移动。远远看去，一个戴着牛仔帽的矮胖身影站在这个平台的上面。

“天呀！”巴德大叫起来，“这不是乔吗！”

厨师在上面操纵着他的飞毯，自豪地走了出来，踏上了空中公路。乔挥舞着自己的帽子，然后在路段上行走着，观看的人鼓着掌大笑起来。

一阵大笑后，人们一下子变得紧张起来。很明显塑料并没有完全凝固——乔陷进了还有些软的材料中！他剧烈地摇晃着身体，想把脚从黏黏的材料中拔出来，但是他的忙乱把问题变得更加严重——不到几秒钟，他已经陷到膝盖的深度了。

“他会完全掉进去的！”亚弗担心地喊。

“射线能不能把他也托起来？”巴德问。

“完全不可能！”发射器已经调整到只能托起高速公路的

材料。

“救命呀！救命！”乔大叫起来。

矮胖的厨师眼看就要掉下来时，工作人员和围观的人一下子骚动起来，大家想办法接住他，但是没有什么办法。在这千钧一发之时，喷字直升机快速俯冲下来救援，放下加料管。

“抓住它！”汤姆大喊着。

乔像发狂一样抓住加料管，喷字直升机升了起来，把他从黏黏的塑料浆中拉了出来，然后飞机慢慢降落，避开空中公路，把他安全地放在了地面。

乔站直了身体，全身发抖，脸被吓得发白，周围的人把他围了起来。

“你知道他们会说什么的，老头儿——‘傻子敢闯天使不敢走的路’。”巴德说起了俏皮话。

“我——我——我可怜的蒿子汤呀，”乔嘟囔着，“我差点儿变成了天使！”

汤姆把飞机降落到地面上，脸上表现出有些懊悔。“我可能加的延缓剂太多了，”他对爸爸和汉克·斯特林说，“这就是这些材料一直没有硬化的原因。”

汤姆带着巴德离开地面去取乔的飞毯后，赶紧回到实验室准备新的一批久长泡沫，这时高速公路已经硬化了。汉克降低了发射器的输出功率，这样这个路段就会下降到比较低的位置，以便于移动。

两个小时后，汤姆准备做第二个试验。巴德在喷字直升机上陪着汤姆，汤姆完成了一千米的空中公路后，把操控飞行的工作交给了巴德，然后爬到了飘浮的路段上去。看热闹的人群屏住了呼吸，看着汤姆试探地在上面走了几步，然后开始鼓掌，久长泡沫硬化得非常完美。

"哥们儿，走得非常好。"巴德看到汤姆爬回机舱时对他说。

"你还没看到关键的呢！"

汤姆完成了整个路段后，他驾驶着喷字直升机向下滑行，给空中公路铺上一个斜坡路段。完成这些后他把飞机降落在地面上，登上了一个重型卡车的驾驶室，然后驾着车顺着这个斜坡向上开。路面已经硬化了，围观的人屏住了呼吸，当他们看到卡车到斜坡顶端，并且顺着飘在60多米高的公路开行时，人群中爆发出热烈的掌声！汤姆对着下面的观众高兴地挥着手。

那天下午，试验结束后，汤姆给空中公路又做了一些强度实验后，拆除了这段路。这时爸爸驾着吉普车飞快地来到了现场，汤姆停下手里的工作，斯威夫特先生看起来非常惊讶。

"汤姆，刚才看到的这些真是让我不敢相信！"他喘了一口气说，"请和我一起马上回到实验室！"

第十三章 超级虫子

“出什么事儿了，爸爸？”汤姆急切地问。

“孩子，因为巴德的恐龙闹得沸沸扬扬，我简直无法解释，这个——这个——好吧，我还是让你亲眼看看。”

“咱们走吧！”汤姆上了爸爸的吉普车，他们快速地赶往汤姆私人实验室的大楼。

到了以后，斯威夫特先生走在前面来到一楼的储藏室，他打开大门，然后看着儿子的反应。

汤姆很是惊讶，一些巨大的虫子，足有巨蟒般大小，有人的手腕那么粗，这些虫子到处爬着，有的在架子的周围，有的在设备上！

“这些东西在科学上都叫什么名字呢？”汤姆有些沙哑地低声说。

“我正希望你来告诉我呢，”斯威夫特先生回答说，“从它们的样子来看，好像是长得过大的蚯蚓。”

“长得过大的蚯蚓——它们好像小蟒蛇！”汤姆几乎不敢相

信自己的眼睛。

突然他有了一个奇怪的想法：“请等一下，爸爸！我有一个主意！”

汤姆朝着对面的私人实验室跑去，用工厂的内部电话呼叫乔。几分钟以后，乔过来了。

“乔，你是不是说过你在实验室的这个地方放过诱饵？”汤姆问。

乔点了点头，汤姆的这个问题把他搞糊涂了，他说：“是的，我打算到卡罗帕湖去钓鱼，所以前几天的一个晚上我挖了一些肥肥的夜间爬虫。出什么事儿了，头儿？”

“你把这些夜间爬虫都放在哪里了？”

“噢，我在你的储藏室找到了一些陶瓷罐子，我就把虫子放在里面，这可以保持它们的新鲜，我想你不会介意的吧。”

汤姆苦苦地笑了一下，说：“你过来看一下吧。”他把乔带到了储藏室，然后打开门。

乔一下子跳了起来，好像是被什么蜇了一下，看到这些巨大的虫子他的眼睛都直了。“会跳的蛤蟆长犄角了！”他张着嘴说不出话来，“你的意思是这——这——它们？”

“是它们，如果我的直觉是对的。”汤姆说。

斯威夫特先生和厨师一样，想不明白，“你有什么理论呢，儿子？”他问。

“爸爸，这些陶瓷罐子是我从G国森林中带回来的样品，

你听说过威尔肯·艾德雷斯教授吗？”

斯威夫特先生摸着自己的胡子思考着：“艾德雷斯，嗯，生物学家，是他吧？”

“是这样的，高德博士提到过，艾德雷斯对于植物和动物提取物有一些奇怪的理论，说这些东西可以控制生物的生长过程。爸爸，艾德雷斯教授正是去了G国开展他的研究的！”

斯威夫特先生眼睛发直地看着儿子：“你的意思是，你的这些泥制样品中有艾德雷斯想要的那种提取物？”

“完全正确，应该是某种可以刺激生长的矿物质。这些虫子一定是吃了这些东西，然后就有这样的结果了！”汤姆的眼睛里闪着激动的光，“艾德雷斯教授在二十年前就去了这个森林，此后再无音信。我们这个发现可以支持他的理论。”

斯威夫特先生来回地踱着步，眉头皱得紧紧的，分析说“看起来无法让人相信，但是证据就摆在我们面前。可以这样说，艾德雷斯的观点是值得探索一下。”

汤姆马上给兰普尔小姐打了个电话，她是企业集团的图书管理员，他请她收集一下艾德雷斯教授发表科技文章的科学杂志。那天晚上，他和爸爸如饥似渴地研读这些文章。

斯威夫特父子对所有的学科都很了解，包括生物学，他们也了解生长领域的研究实验，例如多倍体或染色体，这是控制细胞发育的大型分子。透过艾德雷斯的论文，可以看出他对这个领域有很多的预见。

引起汤姆注意的是一篇关于返祖繁殖的文章——就是动物变成更早时期的样子。艾德雷斯教授曾提出可以利用现今的动物通过经心繁殖的方式再造出来一些要灭绝的动物，可以通过古代动物后代再现古代动物的特征。

“看看这个，爸爸。”汤姆把一篇文章递给了爸爸。

斯威夫特先生很快读完了这篇文章，他说：“非常有趣，艾德雷斯的观点是有些超前。”

“他很超前！有一个人再造出了原牛，这种动物已经灭绝几百年了。他选出一些和原牛有相同特征的现代牛，然后通过不断繁育，最后他繁育了一群完全像古代原牛的牛群，而且他还用这种方法建立了野马群。”

斯威夫特先生点头说：“是呀，我想起来这些实验了。猎狼犬也是用这种方式返祖的，一个科学家，还培育出来一种多趾的豚鼠，它们的爪子很像鳍，和在很久以前生活在海洋时的祖先是一样的。”

汤姆直直地坐着，担心地说：“爸爸，这听起来有些不正常，我不太敢说这件事，但是——”

“说下去，孩子。”

“好的，巴德看到的那个恐龙——或者不管它是什么东西吧——你认为艾德雷斯一直进行的实验和我们讨论的是不是相一致，于是培养出来了这样的生物？”

斯威夫特先生从椅子上站起来，在房间里来回踱着步，陷入了深深的沉思。“人造的恐龙！”他自言自语地说，“听起来有些不可思议，汤姆，但这可能就是问题的答案。”

斯威夫特父子决定目前不对外人讲这个想法，但汤姆希望他们再去一趟G国，也许能发现更多的证据。

第二天早晨，汤姆给G国设在A国的大使馆打电话，告诉他们的官员他已经找到解决高速公路问题的方案了，已经安排了展示日期。

当天下午，巴德在飞机库的机器间见到了汤姆，他正在改进铺路的设备。

“也在做菜吗，天才？”巴德问。

汤姆说自己在给每个喷出口两侧安装一个挤出模具，这样在高速公路上的两侧就能形成一个小的沟槽，而且随着道路的铺设，就可以在这沟槽里面直接埋入金属线，可以给道路做成护栏。

“护栏！这有什么用呢？防止蚂蚁入侵？”巴德瞪大眼睛看着汤姆，“每侧有一个金属线，而且也不用高出路面，怎样能防止东西从上面掉落下来呢？”

汤姆呵呵地笑道：“不要这么急就下结论嘛，这些电线本身不是护栏，但他们可以起到护栏的作用。”

汤姆取来铅笔，画出了他的想法。

“你看，这些电线相当于发射天线，与公路两侧的斥力发射器连接。电线在路的两侧向上形成一张斥力幕。因为它们是全谱射线，于是能够排斥所有形式的物体，所有的交通工具和行人都无法穿过这张幕。”

时间到了下一周，宽吴和G国官员来到了演示现场，他们看到汤姆飞机慢慢向前移动，在飞机尾部下面的半空中形成高速公路。他们非常震惊，在路段的两侧都修了一个斜坡，同时也安上了护栏天线。

然后有很多的汽车和卡车开到了空中公路上，有几个司机故意把车往路边上开，这让G国官员非常紧张，当看到斥力把他们推到安全地带时，大家发出热烈的欢呼，热烈鼓掌。

“我们佩服得一句话都说不出来！”宽吴后来告诉斯威夫特父子和牛顿先生。

“这应完全归功于我的儿子，先生。”斯威夫特先生回答说，汤姆听到了这个表扬不好意思得红了脸。

宽吴认真地分析了森林空中公路的意向合同后，答应把合同转交政府。“但是我向你保证，政府会接受你这些条款的，”他补充说，“你们不仅让工期减到了最短，而且你们的价格也比伯洛公司低很多。”

在以后的几天里，斯威夫特企业集团一片繁忙，汤姆夜以继日地组织着项目供货时间表、人员和设备。

准备出发的前一天晚上，桑迪和菲利斯在斯威夫特家里搞了一个假面送行舞会。汤姆穿着大猩猩的衣服，当他看到一个绿色的火星人时，朝他笑了笑。

“你的脑袋是尖尖的，让你露馅了，巴德。”他开玩笑地说。

“听着，聪明小子，它是我的内置天线。”巴德反驳道。

汤姆向屋子的四周看了一眼，发现大家的衣服都很好笑。他指着一个穿着骨头架子衣服走进来的人说：“如果在这里遇到这样的人，我真的不想见。不知道乔把自己的飘窗装饰成什么样了！”

“他总是把自己打扮成一个马戏团里的胖女人，”巴德说，“我说，我想那棵棕榈树是达西·克里尔。”

不一会儿，舞会达到高潮，这时有人打电话找汤姆，打电话的人哈伦·艾姆斯。

“你所有的客人都是戴面具的吗？”艾姆斯问。

“都戴着面具，也穿着化装服，有什么问题吗？”

安全主任的语气中有些紧张：“汤姆，我刚才收到一个匿名信息，说你的一个客人是假冒的，他可能会是一个针对你的杀手，目的是阻止你在G国的项目开展。”

第十四章 骨架炸弹

汤姆听到这个消息全身一紧，“你是怎么得到这个消息的，哈伦？”他小声地问。

“一个没有签名的纸条。我到家很晚，发现这个纸条在门的下面，没有任何线索。”

“好的，先不要有任何行动，”汤姆告诉他，“我来处理这个问题。”

汤姆挂上电话站在那里深深地思考了一会儿，他应该怎样在不惊动客人和影响桑迪舞会的情况下确定这条消息呢？

几秒钟后，汤姆大步走过去找自己的妹妹，桑迪穿着一只豹子的化装服，正在换一张新的唱片。

“到会的客人有多少，桑迪？”

桑迪咯咯地笑了起来：“至少是房间都快满了！为什么问这个问题？”

“只是有些好奇，是不是每个人都来了？”

“鉴于你提到了这个问题，我还真的不太清楚，——让我想想，如果你把巴德和菲利斯都算上的话，应该是24人。”

“谢谢。”汤姆来到外面的院子，然后又回到屋子里，数了一下可以看到的每一位客人。

刚好24人。

汤姆不安地皱起了眉头，艾姆斯的消息是不是恶作剧呢？或者是这个假冒的人控制一个真正的客人后，顶替他来的？

遗憾的是，斯威夫特家的报警系统今天晚上被关上了，因为有一些客人没有专用的手表，桑迪和菲利斯认为院子里灯火通明的，应该不会有什么危险，而且在入门的时候，所有的客人都要出示请柬。但是汤姆认为假冒的人可能使用了受害者的请柬。

“我得让每一个人取下面具——马上行动！但是，即使这样做也会有危险。”汤姆想。

万一假冒的人真的是杀手，正如艾姆斯说的那样可怎样办呢？担心被认出来会让他在慌乱中开枪，或采取其他手段，都会给其他客人带来危险。

汤姆突然想起了一件事情：“那个穿着骨架衣服的人！我今天早些时候就见到他了，但是数人数的时候没见到他！所以穿化装服的人一共有25人！”

为了确保自己万无一失，汤姆又来到院子和一楼查看了一遍，没有见到穿骨架衣服的先生！汤姆更加紧张起来，他悄悄地上了楼梯，一个个屋子查看，还是没有见到他的踪影。

只有一个地方没有看到了——地下室。汤姆打开灯，向楼梯下面冲去，他看到这个黑白骨架身影正在向地下室的窗户奔去，这让他倒吸一口凉气。

汤姆跑到楼梯最后一个台阶时，这个人已经打开了窗户，从上面逃了出去。

年轻的发明家拼命地向窗户跑去，想抓住这个假冒者的腿，但这个人用力地踢着，他的脚重重地踢到了汤姆的下巴上。

汤姆向后一仰，瞬间失去知觉，等他缓过神来，假冒的人早就安全地跑掉了。

“快来人，抓住他，快来人！”

汤姆突然看到了假冒的人行动的目的了，在壁炉旁有一个金属筒，上面的一条金属线和一个引爆器连在一起！这个人是来安炸弹的！

“快来人，抓住这个间谍！”汤姆大喊。

他的叫声被院子里的舞蹈音乐给淹没了，汤姆在慌张中迟疑了一下。如果他去追那个人，而不去拆除炸弹，炸弹随时可能爆炸！

汤姆转过头来回到壁炉旁，快速拆除引爆器。然后他跳出窗户来追这个假冒的人，到这个时候，那个人早已无影无踪了。那个人飞跑过照明很好的草坪后，已经安全地消失在黑暗中。院子里的舞会还在正常地进行着，大家还在说着话，非常明显没有一个客人注意到假冒的人逃跑的事情。

汤姆还是有些发抖和生气，又回到了房子里，他给艾姆斯打电话，向他说明了刚才的情况。“马上给警察打电话，”汤姆说，“巡逻车可能在他没有抛弃化装服前发现他。”

“他是开车来的吗？”艾姆斯问。

“我不知道，但如果他开着车，我们也能很容易地看到骨架的化装服。”

“好的，机长。非常高兴没有伤到人。我会马上派人过去处理这个炸弹。”

“多谢！哈伦！”挂上电话后，汤姆回到跳舞的人群中，舞会继续进行，只有汤姆知道这里所有的人躲过一劫。

第二天早晨，斯威夫特和牛顿两家人开车来到企业集团机场，给汤姆一行送行，牛顿一家给汤姆祝福，桑迪和菲利斯分别吻了汤姆，妈妈和汤姆来了一个拥抱，最后老汤姆紧紧地抓住了小汤姆的手。

“这是一个重大的任务，孩子。”斯威夫特先生小声地说，“我相信，你会做得很好的，一定会给A国争光的。”

“我会尽最大努力的，爸爸，谢谢——再见！”

几分钟以后，“蓝天女王”呼啸着起飞了，向着大海的方向飞去。接着是三架巨大的货运飞机也起飞了。

汤姆在南太平洋飞行的时候，哈伦·艾姆斯打来了无线电电话。

“已经抓到那个穿骨架服的假冒人了，机长，”他报告说，“我刚听说这个消息。一个骑警正在抓超速的人，让开车的人在路边停下来，结果在车的后备厢里发现了骨架服。”

“我是卢克·奥伯。”他告诉汤姆。

“太好了，哈伦！这个家伙是谁？”

“他是一个坏蛋，叫威利·贾维尔。到现在为止，他还不肯说什么——但化装服和他的身材完全匹配。还有一件事，你猜他是怎样把那个炸药筒带进去的？”

“怎样带进去的？”

“衣服前面缝着一些肋骨，他把肋骨里的填料取了出来，然后把炸弹放在里面。他正在被押往肖普顿。”艾姆斯补充说，“如果从他那里能弄出什么信息，我会马上向你通报的。”

到了中午的时候，整个护航队到了G国。一辆汽车等在那里，等大家上车后，汽车快速把汤姆送到经济发展部。到了以后，宽吴告诉汤姆，已经组织起来的当地工人，在因布鲁和科波维尔随时待命。

“我还雇用了一个经验丰富的打大猎物的人。”宽吴接着说，“他叫卢克·奥伯，他会帮助你处理森林部落的事情，还能保护工作人员免受动物的攻击。”

“多谢了，我们可以雇佣他。”汤姆说。

汤姆回到机场后，驾着飞机向因布鲁飞去。他们落地后，一个身材高大而略瘦的人来迎接他们。他的头发是黑色的，皮肤被晒得很黑，穿着迷彩色的卡其布衣服，戴着宽沿的帽子。

“我是卢克·奥伯。”他告诉汤姆。

他们握过手后，汤姆把他介绍给其他的人。奥伯的举止很自信，这让巴德很不高兴。他的眼睛冷冷的，表情很严酷，这引起巴德对他的不信任。他突然想起汤姆说过，那个恐龙的故事是一个打大猎物的人说出去的。

巴德问他话。奥伯已经把头转向了别处，没有听巴德的问题。后来，乔试图故意和他交流，奥伯只是淡淡地笑了笑，毫无表情地看着这个厨师，什么都不说。

在厨师滔滔不绝的话语稍停以后，奥伯说："森林的事情最后都是说不明白的，对不，老兄？噢，好吧，出很多汗后，你会很快没有这些热情的，我想。"

乔被噎在这儿了，一句话也说不出来，心情不爽。他小声地向巴德说："我不相信这个瘦高个子！"

"我也一样，"巴德说，"他可能就是给报纸提供信息的那个人。"

汤姆耸了一下肩："没有真正的原因就不要怀疑人家，而且也不只是他一个猎人。"

达西·克里尔慢悠悠地走了过来，"呃，呃哼，可能我不该说这些，"他主动说出一个秘密，"奥伯的名声不太好。"

"怎么不太好？"汤姆说。

“首先，我听说他在肯尼亚遇到过麻烦，是象牙偷猎的事儿，或者是虐待土著。”克里尔小声地说。

汤姆皱了一下眉：“多谢，因为G国政府已经雇用了他，恐怕我们眼下还得用他。”

很快他们在村里修建起了金属简易房的营地，然后，汉克·斯特林乘两个货运直升机去了G国东部的科波维尔。

落地后，汉克把选定的东部终点的准确地理位置报告给汤姆。

这时，已经从“蓝天女王”上把用来天空书写的喷字直升机卸了下来。

汤姆和巴德乘着喷字直升机飞到空中，开始在森林的植被上方喷洒出一条直线。

“非常漂亮，”巴德说，“我们都不需要地上的勘测就可以修空中公路了？”

汤姆点点头，“我们一边飞一边就把路线画出来了，”他解释说，“我们的自动导航仪让我们在空中公路的两端间走最短的距离。”

线路画完后，建设马上开始，汤姆从西部开始修建，汉克从东部开始修建。第二天早晨，工人们清理出工地，浇灌地基，汤姆在“蓝天女王”用绳索放置好了六个斥力发射器。

又是一天早晨，他们从空中又放置好了很多的发射器，这时亚弗·汉森来到了营地，他的脸被吓得发白。

“出什么事儿了？”汤姆问。

“太多的事儿了！”亚弗说，“你昨天放置的所有的发射器都被破坏了！”

第十五章 夜间的破坏者

“破坏了？”汤姆失望地瞪大了眼睛。

亚弗严肃地点点头，“是故意的破坏，你去看看就知道了，机长。真是让人痛心。”

汤姆咬紧了嘴唇，陪着汉森来到了树林，第一个发射器就在离村庄不远的河上游的地方，汤姆看着眼前的样子，气得喘不过气来。

设备被弄变形了，而且被推翻了，里面的斥力发生器被弄出来砸碎了，地面上到处都是电子元件。

“真气人，我该把破坏这些东西的人给破坏了！”汤姆狠狠地握紧了拳头。

“其他的设备都被破坏得很厉害，”亚弗说，“六个发射器都完蛋了！”

两个人回到了营地，汤姆的心情很不好，简易房在强烈阳光下闪闪发亮，不远处就可以看见因布鲁的尖顶房。工人和土著看到汤姆和亚弗回来时，都停下了手里的工作。

“出麻烦了？”巴德看到他们脸上的严肃表情时问。

“我们的敌人返回到我们的建设中破坏来了。”汤姆告诉大家发生的情况，巴德和其他人都非常生气。

达西·克里尔不安地清了清嗓子，“我——呃——不想说这件事儿，”他有些支支吾吾，“但我想这是我的责任。”

“要说什么？”汤姆看着他。

“好吧，我昨天晚上没有睡觉，所以我起来了。我发现卢克·奥伯离开了营地。”

所有的人把眼光都集中在猎人的身上。奥伯，他是想在露天的外面睡觉，晚上一直躺在篝火旁边。

“好吧，你想说什么？”巴德问道。

这个瘦瘦的、面容严肃的猎人报以讥讽的语言，他被晒黑的面容使得他冷酷的灰眼睛更加明显。“你的朋友克里尔说得非常对，我的确离开了营地。”

“为什么？”汤姆问。

“听到声音了，”奥伯回答，“可能是那些发射器被破坏的声音，我想去查看一下。”

汤姆的眼睛一亮，问：“你看到什么了？”

“发现我们营地有人已经出来了，并在和几个陌生人见面。”

奥伯的话让大家开始议论起来。

猎人耸了一下肩：“我不希望你们相信我，但是你们过来，我会指给你们看。”

他带着路，离开营地走了200多米，来到一个小河开始有密集树林的地方。在一个点上可见在密集的树林间有人扒开了一条小道。

小道通向一片小的空地，里面的草已经被割掉或踩倒。另外还有一条通往森林的更宽的路。很明显奥伯说的那些陌生人就是从这条路来的。

“我的老天爷！你一定看懂这些符号了！”乔认为，眯起了眼睛四周看着。

“我们怎么知道不是他自己从这里来的？”巴德小声说。

奥伯从草地上拣起了一件东西，“昨天晚上用手电我没有发现这个东西，”他说，“是你的品牌，是不是，克里尔？”

他捡起来的是吸剩下来的烟蒂，上面印着“黄金海岸”商标，克里尔的脸一下子变得通红。

“你这是想做什么，奥伯——陷害我？”

猎人笑了一下：“只是问一个简单的问题。”

“‘黄金海岸’是在这个地区最常见的品牌。”克里尔反驳说，“这里很多人都吸这种烟，鉴于这种情况，可能是你故意丢在这里的。”

“不要紧张，”汤姆插嘴说，“相互责怪是没有意义的，重要的是修设备。”

他们回到营地，巴德安静地问：“汤姆，你相信哪个呀？”

“这像投硬币——他们两个都可能撒谎，但是看起来非常像是破坏分子的确见过从营地出来的人。”

汤姆他们把被破坏的发射器换上新的，工作继续进行。

第二天，一架货运飞机从肖普顿起飞到达因布鲁——这是一系列定期穿梭飞机的一架，为工人们供应材料。

汤姆指派巴德和亚弗用“蓝天女王”放置第二组发射器，他自己驾驶一架铺路用的喷字直升机开始浇筑第一段空中公路，还有到附近村庄的斜坡路。

G国的工人和村民们惊讶地看到道路像是白色的丝带一样，飘在半空中的树木上方。更让他们惊讶的是汤姆驾驶着形状特殊的“飞鸟”，在天空中织出这个神奇的公路。

他们指着汤姆，惊叹地小声说着，在汤姆经过时，他们都给他鞠躬。

“想过没有？等你的空中公路完成后，公路一定会有无数的用途。”

“但愿如此，等他们看到卡车可以开到上面时。”汤姆回答。

他在两天后做了试验，全村人都出来看汤姆开着一辆重型卡车上了斜坡，巴德和他一起坐在驾驶室里。

“噢！看这场面！”巴德吸了一口气，看着下面的树冠。

汽车向白色的闪亮的白色路段上驶去，很快就看不到下面观看的人群，突然卡车向路边滑去。

“整个道路正在倾斜！”巴德紧张地叫着，“我们要掉下去了！”

“坐稳了，哥们儿，护栏幕会保证我们掉不下去的！”汤姆紧握方向盘，让自己不要滚到同伴的身上。

现在空中公路倾斜得非常严重了，巴德和汤姆几乎可以直接看到树冠了。汤姆用卡车上的短波无线电寻求帮助，然后他们爬了出来，亚弗马上开着一架喷字直升机过来，把两个男孩带到安全的地方。

“哟！这可真险呀！”巴德吸了一口气说，他的脸都已经白了，满脸都是汗。

“土著没有看到这一幕是一件好事儿，”汤姆说，“否则的话他们不敢使用我们的公路了！”

“出了什么事儿了？”亚弗问。

“我们的侧束反射器可能位置不正确，”汤姆猜想，“我们放下绳梯看一下。”

年轻的发明家爬下梯子，检查最近一个固定反射器的树。让他觉得奇怪的是，那双天线设备不见了！空中公路对侧的那个设备也不见了。

“怪不得我们整体向西倾斜呢，”汤姆爬回飞机后气愤地说，“这些反射器是用来防止侧向摇摆的。如果没有它们，卡车的重量足以让公路失去平衡，以至于翻车。”

“又是破坏？”巴德严肃地问。

“我还不知道，但一定要搞清楚！”

两个男生回到营地后，把这件事情讲给了大家听，克里尔用怀疑的眼光看着卢克·奥伯。

“我好像记得我们伟大的猎人应该保护这些设计吧，奥伯，”他用讥笑的语气说，“到目前为止，你做得并不太好。”

奥伯冷冷地笑了一下：“你在野外‘收集标本’做得怎么样？也许在收集中弄回来几个反射器吧。”

克里尔想要抡拳打过去，汤姆把他拉了回去，“不要这样，否则的话你就不要在这里了，克里尔！”他严肃地说，“奥伯，你心里还有什么话想说？”

猎人耸了一下肩：“试试那些万古鲁人吧，我注意到一些土著在看我们的工作，可能是他们喜欢这些反射器——可以用来做魔法或者是当作货品。”

汤姆认为这个想法有一定的可能性，带上奥伯和巴德，他们乘着喷字直升机飞到了万古鲁村。

这些族人在下面惊慌地跑着，盯着他们。汤姆在空中画出了几个奇怪的图形。

“估计这会让他们佩服的。”他说。

巴德呵呵一笑：“这是一个记号！”

汤姆让巴德控制飞机，自己放下一个梯子，爬下梯子来到村里的一块空地上，奥伯跟在后面。只有恩考鲁，那个巫医来迎接他们。其他的大个子族人敬畏地把脸匍匐在地上。

汤姆告诉恩考鲁这次来的目的。

“如果万古鲁有人偷了你们的格里格里斯，我会马上把它找回来！”巫医答应说，他开始用沙哑的嗓音向全村人讲话。

奥伯给他做翻译：“他告诉大家，天空出现彩色的文字是一个非常可怕的咒语，这是你要降临给这个村庄的。如果小偷不把偷来的空中道路神器交出来，他们就会受难。”

很快两个族人颤抖着站了起来，承认自己偷了东西。他们跑到树林里很快就带着反射器回来了。恩考鲁大骂了这两个发着抖的家伙，然后转过头来对汤姆说：“恩考鲁给你找到了格里格里斯！”

汤姆谢了巫医，送给他一台电池录音机，并告诉他使用方法。他告诉他天上的图形在晚上的时候就能消去。恩考鲁接下来自豪地说，他已经把村里的人吓住了，他们再也不敢有偷空中公路格里格里斯的想法了。

“但愿这老骗子的把戏能起作用。”巴德在他们飞回营地的途中笑着说。

“如果他们不害怕，我就在所有的高速公路放上报警器。”汤姆这样打算。

工作的进展很快，随着空中公路的伸延，汤姆把营地搬到了森林里面，以配合建设工作。他开着他的原子汽车往返于因布鲁主基地和“道路尽头”之间。

在万古鲁事件一周以后，汤姆和巴德乘飞机来仔细勘察这个翻滚的沼泽地。

这里很黑暗，给人一种不祥的感觉。高速公路要经过的沼泽地约有两千米宽，但它像一条黑水河一样把森林分成了两个部分。

“你怎样对付这块‘热泥浆’？”他们降落下来后巴德问。

汤姆耸了一下肩，说：“在上面放发射器，想办法呗，我认为这不会太难。”

汤姆已经给“蓝天女王”发了无线电，让它过来一起工作。他们两个开着原子汽车继续前行。大飞机来了以后，汤姆向下面的沼泽中沉入一根长木，用飞机上的斥力波向下推动长木，但是长木在热泥浆中很快就消失了！接下来，汤姆用一条带有重物的缆绳探测沼泽地的深度。

让他失望的是，缆绳已经放出了几百米后仍没有达到底部！

“我的天呀！”巴德大叫起来，“到底有多深呀？已经到地球那边儿了？”

“好像是要到那边儿了，”汤姆笑了一下表示同意，然后他皱起了眉头，“问题有些严重。”

很明显，这个问题需要一个全新的解决方案，与他预想的完全不同。汤姆让“蓝天女王”先返回因布鲁，同时汤姆和巴德在沼泽地的边儿上建立营地，研究解决的办法。

在这片没有底的稀泥中如何打地基呢？鉴于长木完全消失的速度，汤姆担心在上面建混凝土浮桥也会很快被吸到沼泽里面的。

第二天早晨，汤姆的思绪被原子汽车中的电话打乱了，他问：“有什么事儿，亚弗？”

“昨天晚上，差不多5千米长的空中公路坍塌了，机长！”亚弗汇报说，“土著非常恐慌。他们相信这是由某些巨大的动物弄的！”

第十六章 令人恐惧的足迹

这个“巨大的动物”的消息很是吓人，让汤姆的后背阵阵发凉。

“有人看过这些大的动物吧？”他问。

“我找到的土著中还没有人见过，”亚弗回答说，“但一定是有很多传言。这就是为什么我们能够见到很多设备受到了破坏。”

“好的，我们会尽快过去。”

很快汤姆和巴德驾驶着泡泡形顶篷的原子汽车在树冠上掠过，距营地还有3千米的地方，他们看到了事发的现场。斥力发射器被弄翻、弄坏，空中公路，因为失去了射线的支撑，垂落下来，已经断裂。

地面上，A国人和当地的工人，慌乱地忙碌着。看到这些废墟，汤姆在一片小的发射空地处降落下来。

年轻的发明家从车里走了出来。“看这里！”亚弗说，“从昨天开始土著工人来过这里，但我还是保留下了一些原来的足迹。”

汤姆和巴德看着亚弗指点着松软的林地上的大而深的足迹，不禁吸了一口凉气。足迹很像是某种巨大的蜥蜴的爪子留下的！

“恐龙足迹！”巴德大叫起来，“现在知道我当时不是幻觉吧，汤姆！”

汉森还指给他们一些圆和宽的足迹，有些像超大型的大象留下来的，但还有一些伸出的爪子。

“我想起可怜土狼肉丸子了，这看起来很像怪，”乔用发抖的声音说，“这是什么动物留下的足迹呢？我保证从未看过这种东西！”

很明显是多种动物一起参与破坏空中公路的，汤姆分析了这些足迹后，转过来对奥伯和克里尔说。

“你们看过这些有什么想法？”

卢克·奥伯耸耸肩：“我从未见过这种东西，找到它们的最好办法就是跟踪它们。”

“我和你一起去！”克里尔主动而热情地说。

“我也去，”巴德接了话茬，“行不，汤姆？”

年轻的发明家理解了巴德传递过来的眼神，很明显巴德是想监视这两个人。

“好吧，但是一定要多加小心。从足迹上看，这些家伙可不那么好糊弄，你们最好带上对讲机。”

汤姆很想和他们一起追寻神秘的动物，但是修整被破坏的空中公路更加紧急。完成修整后，他还需要处理热泥浆的问题。

奥伯、克里尔和巴德开始向森林里进发了，年轻的发明家全身心投入到修整公路的管理工作，他从因布鲁调动过来“蓝天女王”，开始切除破碎的路段。

亚弗检查被弄翻的发射器，其中有一些修好电子部分后还可以使用，但有三部发射器已经无法修理了。

吃过午饭不久，巴德用无线电汇报。“我们跟踪的那些怪物来到了河边，”他告诉汤姆，“我们在岸上发现了很多新的足迹，但我们没有看到任何动物。”

“如果它们是某种两栖类的巨型动物，它们可能生活在水里。”汤姆推理说。

“这和克里尔的猜想是一样的，但是我怀疑河水的深度可能藏不住这么大的动物。”

汤姆眉着皱头思考起来：“它们是成群行动的吗？”

“看起来好像是，”巴德回答，“奥伯也想不明白为什么，这是一群有好多品种的动物，对于他来说，这是最难理解的一个方面。”

“我同意，而且更为奇怪的是，它们还成群地一起来破坏空中公路，或者它们内部发生了战争……你们下一步打算做什么？”

“我们再沿着河岸找一找，”巴德说，“看看它们能不能从水里出来。麻烦的是我们不知道他们是逆河流还是顺河流方向走的。”

汤姆想了一下说：“最好还是别找了，先回来吧，”他打定主意：“我好像有一种直觉，我们还能遇到这种动物。”

巴德只是一笑,说：“我也是这样想的，哥们儿。”

巴德和两个同伴返回营地已经是满天星斗了。当地的工人一整天都表现得紧张和不安，等看他们三个人空手回来后放松了很多。

乔当天晚上烤了半头牛的牛肉，年轻人围着篝火吃着牛肉，巴德说：“汤姆，我对这件事越想越觉得奇怪。我的意思是说，那天晚上恐龙搞了破坏，然后天亮前逃离，很像偷袭。”

“的确有些特殊，应该是这样的。”汤姆同意巴德的观点。

巴德担心地看了一眼年轻的发明家：“敌人是用某种方式设计的吧？”

汤姆耸了一下肩，说道：“这事情过于奇怪了，应该是不太可能，巴德。恐龙是非常大的，你能想出来哪个人可以调动恐龙吗？”

巴德呵呵一笑：“如果你这样想，那么听起来一定会有些奇怪！汉克有什么发现？”

“一切完成得很好。没有什么问题，我今天还和他通过电话。”

巴德嚼着一块牛肉，思考着。“出现这个恐龙事故后，你有一段时间怀疑麦克林吧，对不？这种怀疑看起来很符合逻辑，因为我只告诉过他这件事，”汤姆说，“有什么问题吗？”

“我们的麻烦都发生在高速公路的这一端——东端一点儿事儿都没有。这一切能证明麦克林或G国的政治麻烦制造者没有问题吗？”

汤姆消沉地摇摇头，“他们可能是分散我们的怀疑。”他分析说。

吃过晚饭后，汤姆坐在火光中，还在思考这个问题。如果空中公路总会受到破坏者或者动物的破坏，这样的空中公路对于G国的人民没有什么价值。汤姆认识到，甚至茂盛的森林植被都变成了一种危险，因为这些都可能最终也会毁掉发射器。

“巴德，现在只有一种解决办法，我得给空中公路发射器加上新的功能。”

“是什么呢？”

“一种特殊的斥力，把射线谱调整到可以排斥动物或植物的，这样，什么东西都无法接近发射器，它们就无法破坏设备了。”

那天晚上，汤姆驾驶原子汽车飞到了因布鲁。他用“蓝天女王”上的大功率发射器给企业集团打电话，他要和爸爸讲话。汤姆说明了自己面对的问题，请爸爸在工厂给以后的发射器加上保护性设备。

“今天晚上我就开始做这件事，孩子，”斯威夫特先生答应说，“我还要找奈德叔叔开始生产可以用在小型的设备上的那种，你可以把设备安装在已经安完的发射器上。”

“你这简直就是来救命的，爸爸，太感谢你了。”

挂断电话后，汤姆给G国打电话，请求派来一些士兵全天候巡逻空中公路，直到安装好保护性的斥力设备。一个官员答应马上采取行动。

第二天，所有被破坏的发射器都已经修好了或者更换完了，汤姆新补上了三千米的久长泡沫空中公路。

第二天早晨，巡逻兵来了以后，汤姆带着乔和巴德乘坐原子汽车返回热泥浆的沼泽地。在路上的时候，汤姆给飞行实验室发无线电，请求他过来。

“对于解决这个泥潭的问题，你有什么想法？”

“还没有，我得先分析里面的物质，”汤姆皱着眉头把车停在沼泽地边上的营地上，“巴德，我的直觉是在泥浆的深部一定是有很强的化学反应，所以里面一直是沸腾的状态——也可能是原子反应。”

用放射计数仪测定后的结果证明了汤姆的直觉。在泥浆的表面有少量，但没有危险的微量放射线。

“蓝天女王”已经飞到沼泽地的上面了，汤姆取了少量的泥浆，爬上了飞机。

巴德陪着他进了飞机的实验室，年轻的发明家在这里开始做化学实验。汤姆把这些泥浆加热到发白光后，用斯威夫特光谱镜进行检查。汤姆的脸上表现出一些困惑。

“有答案了吧？”巴德问。

“它的光谱很特殊，巴德，波峰所在处的频率偏移很大，不符合维恩的偏移原理。”

巴德抓着自己的头皮，笑了：“好吧，就当我没有问。”

“所有的这一切都归结到——我还没弄明白这种物质是由什么组成的。”汤姆笑着说，“坦诚地说，我被难住了。”

他继续做着实验，几个小时过去了，他没有找到任何答案。最后，汤姆让飞行实验室飞回到因布鲁，告诉当晚的飞机驾驶员把热泥浆样品带回到肖普顿。汤姆还留下了一个便条，让他爸爸帮助分析这种物质。

乔和两个男生围在篝火旁吃着晚饭，汤姆不说话，还有些心不在焉，他一直在思考着热泥浆的问题。

后来，他们三个人躺下睡觉了，篝火的火焰慢慢地熄灭，变成了红红的炭火。森林被神秘的宁静笼罩着，时而传来一阵蟋蟀的叫声和蹄兔的尖叫声。

突然汤姆醒了，在床边的灯笼光线下，他发现帐篷门口有一个奇怪的身影，他觉得头皮发炸。

这是一个高个子、骨瘦如柴的老人站在那里，他的脸被G国的太阳晒得黑黑的，和他浓密的灰色胡子形成明显的对比。老人的眼睛显得有些狂野。

起初汤姆没有弄明白自己是不是在做梦，后来这个老人开始用英语讲话了。

“离开森林吧，汤姆·斯威夫特！”他用低哑的声音说，“我警告你，如果你还想在沼泽地上方修高速公路，你一定会得到报应的。”

第十七章 火 柱

汤姆被惊得一下子彻底醒了过来，他把毯子向后一扔，从床上坐起身来。

“你是谁？”汤姆问这个样子特别的老人，“为什么会有可怕的报应？”

还没等他说完，陌生人转过身去，闪电一般地离开了帐篷。

汤姆从床上跳了下来，紧随其后，这个高个子而消瘦的身影很快消失在眼看就要熄灭篝火以外的黑暗中。

“等一下！”汤姆请求说，“我不会伤害你的！我只是想和你说几句话！”

但陌生人早已不知去向，消失在高高的大树和浓密的植被之中，汤姆不顾一切地追赶。

不大一会儿，他突然停了下来，因为一个巨大的身影挡住他的道路，汤姆举起了双臂，但他还是被一个非常有力的拳头击中了，年轻的发明家被打翻在地。

汤姆醒过来的时候发现自己躺在篝火旁的位置，巴德和乔正在往他的脸上洒水。“哎呦！”汤姆被强烈的阳光照得睁不开眼睛，“是什么打了我？”

“我们在等着你来告诉我呢，哥们儿，”巴德说，“现在感觉好些没？”

“我感觉好多了。”

“真是不想从被窝里出来，”乔低声说，“我听到了你的喊叫，于是我们从帐篷里跑了出来！我们听到树林里有声音，赶到时发现你像死人一样倒在那里，四肢瘫软！”

“等一下，是从后面过来的，”汤姆慢慢地坐了起来，但还是畏缩着身体。他讲述了一个老人，他是如何追赶这个老人，然后被一个陌生的巨人打倒。他说“是一个土著，也许。”

“你的意思是一个万古鲁人？”巴德问。

汤姆皱了一下眉，“不，不管怎么说，我认为不是，他的穿着不太像。”

到这个时候，他们几个人都已经彻底没有了睡意。乔把篝火留下的余烬又生了起来，热了一些咖啡。他们三个人坐在那里静静地听着昆虫的歌唱，还有雨蛙的低声鸣叫。

“汤姆，你觉得那个老人会不会是失踪多年的艾德雷斯教授？”巴德问。

“我也在想着这个问题，”汤姆思考着，“他说话时不像是大学里搞科学的教授？但我认为任何人在森林里待上二十年都是这样说话的。”

“这个可怜的老人听起来有些愚蠢。”乔插嘴说。

“非常有可能，”汤姆也这样认为，“尽管如此，我得想想他的警告是什么意思。”

“我猜他只是想让你就此罢手，”巴德说，“否则也不会只把你打晕了。”

第二天早晨，汤姆醒来时仍然干劲十足，他们正吃着早饭。“也许是昨天晚上的那一击把我大脑打清醒了，”他告诉巴德，“我想我已经找到了解决热泥浆的方法了。”

“给我们讲讲吧，聪明人。”

“好的，在这里的泥浆中安上发射器是不可能的了，”汤姆解释说，“我们可以把发射器装到空中公路的下面，这样就可以绕过这个问题。”

巴德和乔两个人瞪大眼睛看着年轻的发明家。

“这饼干没白吃呀！”乔粗声粗气地说，“你确定打在你头上的那一击把你思路搞清晰了，头儿？没有东西支撑，首先你怎么把空中公路弄到半空中呢？”

汤姆呵呵一笑，“你们两个这么不信我，我给你们演示一下。”

吃过早饭以后，他们一起飞到了因布鲁，在这里的开阔沙漠和森林以外的草地上，汤姆安装了五个斥力发射器。他驾驶着喷字直升机飞到空中，浇注了单独的五个路段，每一段为1千米长，等路面硬化后，用“蓝天女王”把它吊起来放到地上。

“下一步该怎么办？”巴德问。

“我把发射器装在每一路段的下面，”汤姆解释，“当然，我不会使用常规的发射器，我会从这五个发射器中取出电子设备，然后在公路上做出小的框架，最后把电子设备装到小框架上。”

那天下午，在营地的机器车间里大家正在安装小的框架，斯威夫特先生从肖普顿打来电话找汤姆，汤姆得去飞行实验室去接电话。

“我一整天都在研究你送过来的沼泽地的泥浆。”他告诉汤姆。

“你分析清楚这种东西没有，爸爸？”

“是的，它是一种非常少见的化合物，由几个稀有的同位素组成。”斯威夫特先生说出了化学分子式，然后说，“我猜想它可能在航空技术上有重要的应用前景——而且在医学和营养学上也会有重要的前景。”

“医学和营养方面有前景？有什么前景？”

“因为，”斯威夫特先生解释说，“你曾经猜想这种化合物是让蚯蚓疯狂生长的那种化合物？”

“非常正确，孩子，辛普森医生和我很想在其他的生物身上做实验。”

他们聊了一会儿后，斯威夫特先生说，哈伦·艾姆斯有一些消息要告诉汤姆。

“还记得那个坏蛋——威利·贾维尔吗？以前我跟你说过他。”艾姆斯说，“哈哈，他最后开口说话了。”

汤姆感到有些激动，急切地问：“这么说他们没有抓错人？”

“他们当然没有抓错人，他不仅承认自己在你家地下室安上了炸弹，而且他还参与过在肖普顿这里所有的行动。”

艾姆斯汇报说，贾维尔承认自己参与了飞机场的劫持事件，他是后面座位上的年轻人，就是他把宽吴的秘书麻醉的，也是他开着车经过斯威夫特家时把飞镖投到你们家里的。

“贾维尔说，他是用一个飞镖发射枪射出飞镖的，使用的是压缩气体罐。”

“那铝箔又是怎么回事儿呢？”汤姆问。

“贾维尔也参与这件事儿，这次他还是司机，他说他开车快速经过工厂，用一种自制的火箭筒，将一捆铝箔“鸟”发射出去。但他不知道这样做有什么目的。”

“他只是一个被雇来的？”汤姆问。

“应该是这样的，因为他只是一个普通的跟班。贾维尔说他的老板就是在机场打晕你的那个男人——高个子、高额头、尖下颌，说话有一些外国人的口音。”

“就是这个人，”汤姆没有异议，“贾维尔做的这些事情都是为这个人做的吗？”

“是的，他是下达命令的人而且也是发射飞镖和铝箔的人，贾维尔只知道他的名字叫克罗科。”

艾姆斯补充说，国家警察正在拉网式搜查克罗科。

“好的，哈伦，听到你说的这些，我非常高兴，”汤姆说，“如果运气很好，他们可能会很快抓到克罗科，如果他没有跟着我来到G国。”

汤姆从飞机中的空调环境中走了出来，回到热浪滚滚的环境中，他觉得好像进入了蒸汽浴房一样。

汤姆看着一眼铅灰色的天空，虽然太阳已经被云彩遮住了，但是湿度还在不断地加大。“这也是另一个需要加快工作的原因，”他想，“再过几周就要到雨季了，看到天上的样子，今天就可能有暴风雨了！”

到了晚上的时候，专用的斥力的小框架已经准备好了，汤姆调整好发射器，以便安装斯威夫特先生分析出来的化合物，然后把它们装在了空中公路的路段上。

第二天，汤姆通过空运把路段拖到沼泽的地区。当地工人也乘着飞机来到了这里，在沼泽地的两侧清理出放置发射器的地方。

把这些发射器都安装好以后，汤姆在热泥浆两侧浇注了一千米的路段。然后将五个预制的路段吊到空中放在中间，用久长泡沫把路段中间“焊接”起来。

“汤姆，真是平滑呀！”巴德羡慕地看着头两个路段已经伸到沼泽的上方，这两个路段由它们内置的发射器支撑到空中，“等所有的路段都完成后，它就是‘浮桥’了！”

“这个名字非常好，巴德，”年轻的发明家让大家先停下来，吃午后小吃，今天是三明治和柠檬汽水。“但愿我们不会再遇到麻烦了。”他接着说。

突然，乔竖起了耳朵，问道“这到底是怎么回事，又有森林鼓声了？”

达西·克里尔听着这种有节奏的声音，然后用一种奇怪的眼神看着汤姆，他翻译说：“年轻的珠珠人，敢于冒犯森林之神，他们看到他的厄运了。”

汤姆听说这些所谓的厄运，只是耸了耸肩。

那天很晚的时候，“浮桥”已经建设完了，跨越整个沼泽地，汤姆和他的同伴对他的成功感到非常高兴。但是天空渐渐变得昏暗起来，布满了令人恐怖的积雨云。

“看起来你完成得正是时候，头儿。”乔看了一眼天空发表自己的感慨。

到了晚上，大雨倾盆而下，A国人和G国人惊恐地躲在帐篷里向外张望。伴着大雨的雷声震耳欲聋，奇异的闪电火花在热泥浆上跳动。

“常见的火柱！”汤姆吸了一口气说。

又一排明亮的闪电照亮了黑暗的沼泽地，接下来，浮桥坍塌了，变成了废墟。

第十八章 狂奔的恐龙

看到这惊人的灾难，汤姆变得目瞪口呆，“所有的这些工作都化为乌有！”他自言自语，“而且斥力设备可能也被毁掉了。”

巴德把手放在汤姆的肩膀上，安慰道：“不要太上火，汤姆，你已经铺设过一次了，你还能再建起来的。”

年轻的发明家只能伤心地耸了一下肩膀，重重地躺在床上，回想起那个奇怪的老人和他的奇怪警告。他的预言变成了现实，这是汤姆根本没有料到的。

在暴风雨夜的黑暗中根本没有办法检查造成的损失，大雨还在抽打着帐篷，阵阵狂风让森林里的树木摇摆着、呼啸着。一条条闪电划破了夜空，然后就是大炮一般的雷声。汤姆在床上把腿伸了出来，“但愿巡逻兵能抵御这场暴风雨，”他说，“明天他们就可以回去了，现在已经安装好了保防性的斥力，所以不再需要他们看护了。”

暴风雨渐渐弱了，到天亮的时候，大家全都醒过来后，来到帐篷外面，天已经晴了，但是还有更多的震惊在等着他们。损坏的浮桥在这场大雨的肆虐下已经彻底变成了碎片，全都沉入到了热泥浆中，没留下一点点痕迹！

“天呀！”巴德大声说，“这就是我称其为奇怪的事情！”

这些A国人惊得张大了嘴巴，而土著聚在一起来到沼泽地的边上，害怕地小声叨念着。“嗖嗖高比奴欧巴阿萨拉纳耶！”一个土著对汤姆说。

达西·克里尔把这句话翻译过来：“他们说的是嗖嗖高在圣怒下把桥给吞下去了，记住，嗖嗖高是雷和闪电之神，看起来他是沼泽地的专职神灵。”

汤姆的眼睛一下子亮了起来。“谢谢你提供的这条信息，达西，”这个人的话让汤姆对昨晚的灾难有了新的想法，“告诉大家，一会儿我要对他们讲话，现在他们什么都不要怕。”

几个年轻人向篝火走去，乔在这里正在做早餐。巴德有些不安地问：“汤姆，你认为在这个森林里有没有伏都这方面的东西？”

“绝对没有，咋想起来这个问题了呢？”

巴德耸了一下肩，说：“机长，看你的浮桥被毁的方式——一下子全都没有了。这不是迷信，但是，兄弟，我从来没有见过昨天晚上那样的闪电！”

汤姆停了下来，看着他的朋友说：“你看，我承认闪电非常特殊，我要亲自多了解一下这些可怕的放电情况。至于浮桥发生的事情，这完全是自然现象，闪电击毁了斥力发射器，于是浮桥失去了支撑力，所以就坍塌了、破碎了，然后沉入了沼泽里了。”

“如何解释老人的预言呢？”巴德争辩说。

“克里尔已经给我们答案了。”

巴德有些糊涂了，说：“我没听明白，哥们儿。”

“你不明白？如果这片热泥浆沼泽已经神圣成嗖嗖高，它一定是因为这里常发生可怕的伴着雷电的暴风雨。所以这个老人是基于平均事件的原理认为我们会遇到麻烦。”

“哦，我明白你的意思了，”巴德眯起了眼睛，“但为什么这里有很多的雷雨呢？千万别跟我说嗖嗖高每次生气的时候就在这里下雨！”

汤姆呵呵地笑了，说：“根本就不是这么回事。这里集中下暴雨主要因为热泥浆形成的上升热浪。雨季的时候，我敢说在沼泽地上不断地形成雷雨云。”

“好吧，天才，那昨天晚上的火柱是怎么回事？”

“你这可问对人了，”汤姆说，“我们都知道，闪电是需要在雷雨中有正负电离子分离，但是为什么它们能集聚起来形成这么大的势能，这是另一个问题，想猜一下吗？”

巴德笑着说“这对我来说还是有些难度的。”

“好的，非常可能是因为热泥浆发出的淡淡的射线引起了周围空气的电离，于是形成了高导电性的放电通道。但要记住，这只是一个猜测。”

“听起来很了不起呀，那么我们该怎么办？”

“再建桥呗，这是自然的。”

吃过早饭，汤姆把当地的工人叫到一起，他们对昨晚的灾难还心有余悸，有一些人甚至嚷嚷着要回自己的村庄。年轻的发明家做了一个简短的讲话，克里尔给他一句句地翻译成当地的话。

“我开始修这座浮桥时，”汤姆说，“我没有想到嗖嗖高这样有威力，所以我没有使用我最强大的珠珠，所以浮桥倒了。但是嗖嗖高不敢来伤害我！现在我想再修建这个桥，这一次我要在热泥浆中修一个更强的格里格里斯。我向你们保证，这一次这些格里格里斯会吞掉嗖嗖高派来的全部雷电！”

汤姆在讲话结束时说，今天会多做几个菜，G国的朋友可以先享用这些美味，汤姆自己准备他的格里格里斯。

汤姆的讲话赢得大家一片欢呼、鼓掌和跺脚。从这些土著的脸上可以看出，汤姆的话让他们改变了主意。

“真想喝肉汤！你把他们摆弄得很好，头儿！”乔呵呵地笑了，“像我经常说的那样，通往人心灵的道路是他的胃——G国人或A国人都是一样的！”

“让我们祝愿你的格里格里斯一定要成功，”克里尔平淡地说，“如果不成功，让大家回来工作光给吃的肯定是不行的。”

汤姆没有再说什么，但巴德不高兴地说：“不要这样婆婆妈妈，克里尔！”

巴德和汤姆飞回到因布鲁，到达后他马上在飞行实验室开始工作，设计“吞下”雷电的设备，巴德在一边看着年轻的发明家在画板上画出的奇怪图案。

“看在科学的份儿上，你这是什么呀？”巴德问。

汤姆呵呵地笑着说：“就是一般的避雷针，但必须是高能量的、最有魔力的设备，还记得不？这样看起来才更适合这个角色。”

汤姆的设备不是直线的垂直的杆状，而是奇怪的弯弯曲曲，还有很古怪的树一样的分枝。它的底部还有一条通往热泥浆的电缆。

汤姆解释说，他会用坚硬的支架固定这个设备，支架采用真空发泡久长漂浮材料，它的比重比空气还要轻，采用托马塞特给支持绝缘。在浮桥的两侧安上很多这样的避雷针。

“这种非常规的设备会让‘他们’认可的，”巴德推测说，“它会起到双重作用！”

这一天，汤姆让基地机器车间的每个人都忙碌起来，自己这个古怪的设备也准备好了。第二天，他又开始了建桥了，他要重新浇注新的路段，准备支撑路段的发射器。有了实际的工作速度，工作进展得非常快。

到了第二天的下午，路段再一次被摆在了沼泽地的上空。这时他们从因布鲁空运来外形怪异的避雷针，然后把它们安好。这些外形怪异的格里格里斯在浮桥的两侧伸展上来，着实让土著瞪大了眼睛。

他们惊呼起来："汤姆·斯威夫特有强大的魔法！"

与此同时，东西两方的建设快速推进，日子一天天过去了，汤姆预计再有几天公路就要对接了。

汤姆热情很高，他和巴德乘着"蓝天女王"在全程路线上飞行。回来的时候，他在汉克·斯特林工作营地上空盘旋着，让他这个主任工程师也登上飞机。

"它是什么形状的，机长？"汉克问。

"相当漂亮，汉克，事实上，非常漂亮！"汤姆回答说，"我想我得给宽吴打电话，让宽吴和他的职员们来看看这个空中公路。"

宽吴非常乐于接受汤姆的邀请。飞行实验室第二天到达G国首都机场，几位G国的高官已经准备好登机。当空中公路映入他们眼帘时，他们看到公路架在树的上面，这让他们兴奋得张大了嘴巴。大家赞不绝口，汤姆只是微笑地听着。

"无法让人相信！"宽吴发表自己的看法，"我亲爱的汤姆·斯威夫特，你的工程天才比我们听说的还要了不起！"

等他们回到G国首都降落下来后，宽吴问年轻的发明家空中公路什么时候完工。汤姆说出了日期后，宽吴说："在公路启用时，国家会搞一个全国性的庆祝活动！"

汤姆回到了因布鲁，驾驶着原子汽车飞到"公路西端"的营地。在宽吴视察的这段短短的时间里，公路又延长了1千米。

“很快了，兄弟！”巴德告诉汤姆。

汤姆自豪地点点头，看了一眼天空，云彩开始多了起来，“可能这些怪异的避雷针马上会派上用途了，比我想象的还要早一些。”他说，“如果下雨，但愿明天不会出现纰漏。”

那天下午，年轻的发明家催促加快工程的进度，防止工期可能延误。到了晚上的时候，乔准备的饭是烤牛排和烤土豆，汤姆吃得很开心，饭后高兴地上床，很快进入了梦乡。

几个小时后，他被一阵惊恐的喧闹声吵醒了。汤姆从床上跳了起来，虽然还有些迷糊，但很快冲出帐篷，看到的一切让他如同被雷击一样的惊讶。

巨大的怪物从黑暗中蜂拥过来，冲进营地的帐篷，把熟睡的人们吓得四处逃窜。

汤姆看了一眼如同蜥蜴一样的巨兽，很可能是暴龙，用两条后脚奔跑着。另外还有其他的巨兽，很像雷龙或者腕龙，长长的脖子左右摇摆着，头像蛇一样。它们向这边围拢过来。

“我的天呀！”汤姆惊呆了，“恐龙大迁徙呀！”

整个营地一片惊恐。

“快跑吧！”奥伯一遍遍地喊着。

大家四处逃窜，只要能逃离这些巨兽，哪里都可以。汤姆觉得有人在拉他的胳臂，于是转过身来，原来是巴德。

“不要光站在这里，兄弟！”巴德大喊着，试图超过周围的嘈杂声，“咱们快跑吧！”

没有时间讨论了，两个男生冲着树林跑去，刚进树林他们就觉得被紧紧地抓住了，黑暗中他们看到一个巨大的身影。

汤姆意识到，这是前些天老头来访的晚上那个把自己打晕的同一个土著。

第十九章 怪物制造者

汤姆和巴德与攻击者较量着，但毫无用途，巨人把他们两个人的头撞到一起，把他们撞晕了。他用一个长长的绳子把两个男生的胳臂捆了起来。

突然，这个人发出了一声令人恐怖的叫声，这让汤姆渐渐地醒了过来。接下来的事情让人无法相信，汤姆自己觉得好像是在做梦，有几只恐龙从灌木丛中蹿了过来！

巨人像扔马鞍包一样，把两个男生挂在一个小一些的动物背上。蜥蜴一样的巨兽用两条后腿走路，他自如地爬上巨兽的长满脊突的尾巴和脊背。巨人骑在巨兽的后背上，抓住系在巨兽脖子上的绳子，他大喊一声，用拳头和脚重重地捶打巨兽。

巨兽以极快的速度重重地奔跑，在他们经过破烂的营地时，其他的恐龙也加入进来，整个巨兽向北跑去，消失在黑暗之中。

对于汤姆和巴德来说，这次旅行如同噩梦一般，他们在这个笨重动物的背上颠簸着，被森林中的植物抽打着。

现在汤姆意识到，他们一定是在过河，因为四周溅起很高的水花。随后巨兽们又到了陆地上继续长途跋涉，这种怪异的氛围变得更加复杂，现在已经起风了，马上就要下雨了。

动物们来到了一个围栏前，终于不再走了。巨人从恐龙的后背上跳下来，松开了两个男生，连推带搡地把他们推进了围栏里，然后锁好了门。

汤姆估计这个围栏占地足有几万平方米，在围栏的前面有几幢库房和平房，平房里亮着灯。一个留着胡子的人从平房里出来向两个男生走来。

汤姆吸了一口气，这个人原来就是警告他们有报应的人。

“艾德雷斯教授？”汤姆冷冷地问。

老人一下子停了下来，用尖锐的目光看着汤姆，问：“你认识我？”

“我听说过你！”汤姆厉声地说，“我想听你解释一下为什么你们要毁掉我们的营地，还要劫持我们！”

汤姆的话让艾德雷斯感到一惊。“你给自己带了灾难！”教授责骂着，“我已经警告过你不要再铺路了，但你就像没听到一样。多少年来我都在平静地从事我的研究。你的高速公路已经把人类带到了森林里，把我一生的工作都给毁了！”

“高速公路对G国人是有好处的，”汤姆回答说，“另外它是在森林上面铺设，对你的工作不会有影响。”汤姆补充说：“如果方便的话，我想听听你的实验研究。我和我父亲研读过你的科技论文，我们对你的反祖研究非常感兴趣。”

艾德雷斯教授觉得汤姆很真诚，愤怒的表情减少了很多。“我也听说过斯威夫特先生，”他说，“有人告诉我，你也是一个出色的科学家，非常好！也许你能理解我做一切。”

他带着两个男生进入他的平房里，高个子的本地人跟在后面，警觉地盯着被他们俘虏的两个男生。汤姆看了一眼房间里一排科学设备，这是一个装备齐全的生物学实验室！

“大多数的科学家都看不起我的工作，”艾德雷斯说出了心里话，“但是在这里，一个人在森林里工作，我已经证明了我的理论！我已经成功地培育出返祖的恐龙，这是几百万年前的恐龙！”

“这真的了不起！”汤姆说，“你是怎样培育的？”

“恐龙的物种已经灭绝了，这个你也知道，它们没有后代，”艾德雷斯回答说，“但是同一分支进化出来了鳄鱼目动物，所以我从这个森林河流里的鳄鱼开始做实验。”

“你的意思是，你把这里的普通鳄鱼变成了怪兽？”巴德插嘴说。

“从某种意义上说，是的。我取来鳄鱼卵，再用X光和化学试剂处理，促其发生突变或者变化。这会产生奇怪的动物——有些动物具有早期的爬行类动物的特征——比进化树还要早很多。”

汤姆点头表示认同：“这么说，是你培育出了这些怪异的动物呀。”

“完全正确，”艾德雷斯教授说，“用这种方法，我能缩短返祖的进化过程，最后我培育出了很多的动物，例如槽齿类动物——这是鳄鱼和恐龙的共同祖先。”

艾德雷斯把两个男生带到外面，吹了一声口哨，几个动物听到后蹦跳着跑了过来，让汤姆看得瞠目结舌。这些动物很像大的蜥蜴，足有警犬那么大，它们的后脚很发达，可以直立奔跑。

“天呀！”巴德非常惊讶，“如果用它们当警犬，你觉得怎么样，汤姆？”

“还是算了吧。”汤姆小声说。

这时，艾德雷斯回到了平房里，很快他又出来了，带来很多生肉，把这些肉扔给了这些槽齿动物，动物们用前爪抓住这些食物，贪婪地吃了起来。

“你就是用它们培育恐龙的？”汤姆问。

“是的，我主要培育骨骼像蜥臀目的动物——臀部像蜥蜴一样的恐龙，我成功地培育出像霸王龙一类的两腿食肉动物，而且还培育出来了四条腿的食草动物，例如雷龙和鳃恐龙，”艾德雷斯取来了灯笼然后说，“跟我一起来，我们去看看。”

他带着两个男生穿过这里的几所房子，汤姆和巴德偷偷地寻找着可能逃跑的机会，但是大个子的土著紧紧地跟在他们的后面。很快他们便看到一群巨大的恐龙安静地待在树的下面，艾德雷斯自豪地举高了灯笼，动物们看到亮光眨着眼睛。

“这些就是我多年来的成果！”

“我现在还不能理解你是怎样用这么短的时间就取得这样的成果，”汤姆说，“20年的时间对于返祖的进化来说，也是相当短的。”

艾德雷斯的脸上露出了讽刺的一笑，说：“我的科学同行听说我在森林的沼泽地里找到了生长激素后都在讥笑我。”

“我爸爸已经分析过这种物质，”汤姆说，“它能够引起巨型生长。”

“光是这种物质本身，是的。”艾德雷斯教授回答说，“但是如果加入其他的化学物质，它还会把生长速度增加到惊人的程度。如果把这种配方注射到卵内的胚胎体内，有一种动物可以在两个月的时间内达到成年的身高。”

汤姆非常震惊，艾德雷斯教授的工作如同一个原子弹，能够引起科学界的震动——如果他和巴德能够把这个故事讲给大家。但今天晚上的这个劫持后面的原因是什么呢？艾德雷斯是策划阻碍空中公路的主谋吗？

“如果能得到教授的信任，我就能了解到更多的东西。”汤姆想。

在他们返回屋内时，汤姆说：“兽类的恐龙和暴龙很像，都是非常残暴的动物，你们是怎样控制它们的呢？”

“如果是人类饲养，并对它们非常和蔼，他们不难管理。”艾德雷斯回答说。

突然老人停了下来，瞪大眼睛看着汤姆说：“这就是为什么你不可以修空中公路的另一个原因！如果森林对文明开放，大量无知的傻瓜都可以进来，那么这些沉默而无助的动物会遇到什么样的问题？”

汤姆说：“你可以设立一个狩猎保护区，绝没有猎人——”

“你以为我能信这个吗？”艾德雷斯大喊起来，“多少年来，我都被追赶，被嘲笑，只有姆邦嘎帮助我完成这个工作，汤姆·斯威夫特，我绝不允许任何人毁掉我的科学成果！”

老人的眼里闪着激动的光，姆邦嘎，就是这个巨人，他好像意识到教授有些不理智了。

“主人，请不要再说下去了！”他请求说，“还是回到——”

姆邦嘎的话没有说完，天空划过一道闪电，雷击中了旁边的一棵树，把它劈成两半，闪电的冲击波把四个人击得头昏脑胀。

还没等他们醒过神来，被击碎的大树落了下来，上段的树压在了姆邦嘎身上！艾德雷斯教授悲伤地叫了一声，向他的仆人奔了过去。

“现在我们有机会了！我们跑吧！”巴德拉着汤姆的胳臂，向围栏跑去。

“不，巴德！等一下！，”汤姆叫道，“我们不能这样把一个可怜的人留在这里！”

巴德又跑了回来：“你是对的。”

两个小伙子把树抬高一些，让艾德雷斯把姆邦嘎拉出来。他们抬着他回到平房里，把他放在床上。

仆人的头皮被掀开了，但很明显，头骨没有受伤。汤姆帮着处理伤口，并把他的头包扎起来，很快仆人睁开了眼睛。

他看到汤姆和巴德站在那里毫无防备，离走廊很近，赶紧跳了起来，抓住了他们。

“不能这样，姆邦嘎！”艾德雷斯教授说，然后说出了他们如何帮助救他的性命。巨人惊讶地瞪大了眼睛，然后他用一条腿跪在地上，先拉过汤姆的手摸了摸自己的前额，然后拉过巴德的手摸了他的前额。

“你们，姆邦嘎的朋友……姆邦嘎谢谢你们。”

“我也是，谢谢你们，”艾德雷斯教授有些哽咽地说，“姆邦嘎是我的真诚伙伴，如果没有他，我早就不在人世了。”

“没有必要谢我们，”汤姆说，“也许现在你可以解释一下今晚你们突袭我们营地，并劫持我的原因了吧。”

老人深深地叹了一口气，坐在椅子上。“我想，对抗你们的高速公路是一个错误，我非常后悔帮助你们的敌人——特别是在你们放弃本来可以逃跑的机会以后，你们还要帮助救姆邦嘎的命。”艾德雷斯停了一下，然后接着说，“几天前，有几个人来我们这里，让我们帮助破坏你们的高速度公路，为了我的实验，我同意了他们的要求。”

“这些人是谁呢？”汤姆问。

“我不知道，领头的是一个高个子的人，额头很大、尖下颌。”

“克罗科！”巴德大声说。

汤姆点点头：“就是这个人在飞机把我打晕了，还雇了贾维尔一起做坏事。”

艾德雷斯说，他同意了让姆邦嘎带着恐龙破坏汤姆的发射器，但他不想用袭击的方式暴露这些珍贵的动物，担心汤姆会捕杀这些动物。

后来，这些人说服艾德雷斯允许他的动物涌向汤姆的营地，然后让姆邦嘎抓住两个男生。动物来到营地后会驱散汤姆的工人，然后袭击者们可以同时破坏高速公路的发射器。

“这些人打算这样破坏你的发射器：让它们在开始使用时坏掉。”教授解释说，“他们希望大家都骂这条公路，从而毁掉斯威夫特的名声。”

“真是用尽了最低级的手段！”巴德再也控制不住自己的情绪。

“等一下！他们无法破坏我们的发射器！”汤姆说，“保护动植物的斥力能够阻止他们接近和破坏。”

艾德雷斯教授很快让汤姆的原有计划破灭了。“我听说，你们中有一个人会给突袭者提供遥控器，你们在维护时会用遥控器打开或关闭斥力。”

“一定是奥伯或是克里尔！”巴德大叫了起来。

汤姆来回地踱着步。“如果能和“蓝天女王”联系上就好了！”

他大声说。

“我有双向无线电发射器，”艾德雷斯说，“来到这里的那些人给我带来了一个，以便他们及时和我联系。”

两个男生非常高兴，汤姆很快和位于因布鲁的“蓝天女王”取得了联系，命令斯威夫特的驾驶员和斯利姆·戴维斯驾驶天空书写喷字直升机。“袭击者可能会使用灯光，”汤姆说，“如果你看到他们，在天空中画出箭头。”

汤姆挂断了电话。“下面干什么？”巴德问。

年轻的发明家笑了，“听说过长腿的坦克吗？”

“我明白——恐龙闪电战！”

艾德雷斯教授同意借给汤姆几只恐龙，但是他们必须和两个男生一起去。汤姆和巴德发现很难爬到恐龙的后背上，但姆邦嘎给他们做了示范。他们出发了，骑上这些速度很快的动物，在黑暗中奔跑。

突然，巴德指着天空叫了起来，“看！斯利姆已经看到他们了！”

在森林的上方出现了一个发亮的箭头，骑着恐龙的几个人按照箭头的指向快速穿过了树林。在他们接近空中公路时，他们透过树木看到隐约的光亮。带着灯笼和枪支的一些人正在发射器附近准备搞破坏！这些人看到动物和在它们背上的人时都吓傻了。

“是汤姆他们！”一个人大喊着，“向他们开枪！”

接下来一阵雨点般的子弹向他们射来。

第二十章 森林的主宰

汤姆和同伴们躲在坐骑的后面，疯狂的子弹几乎没有发挥作用，这些动物的皮非常坚硬，而且神经系统简单，子弹无法把它们打倒。

一阵子弹过后，恐龙冲向搞破坏的这些人，这些巨兽被这场火力的刺耳声响惊吓后而发怒了，他们竖直身体，向前冲去，他们的蹄子重重地落在地上，爪子非常吓人，让整个人群一下子慌乱起来。敌方的袭击者吓得丢下枪支四处逃窜。

“不能让他们跑掉！”汤姆大喊，从他的坐骑上跳了下来，巴德和姆邦嘎也跳了下来。

三个人追赶着逃窜的破坏者，汤姆追上了一个最健壮的人，他就是领头的，他抓住这个人的肩膀，把他扭了过来，原来他是汉斯·麦克林！

“原来你是卧底的那一个！是你在后边捣鬼！”汤姆抡起拳头向敌人的下巴上打去。

汉斯·麦克林摇晃了一下，开始回击，像一个处于绝境的豹子咆哮着。与此同时，巴德向克罗科追了过去，他的楔形脸非常特殊，一下子就被认出来。巴德一个有力的飞脚把克罗科踢得向后滚了过去。

姆邦嘎已经抓住了两个袭击者，把他们两个人的头相互撞了一下，然后他快速追向第三个坏蛋。巨人很容易就追上他，一抓把他抓了回来。这时汤姆已经把麦克林打倒在地。

“干得不错，天才！”巴德笑着数了一下，他们一共抓住了五个人。“看样子只有一个跑掉了。”

“姆邦嘎会在天亮以后追踪他的。”土著答应说。

巴德拿起一个破坏者的长枪，押着这几个破坏者，汤姆把其他的枪支收集起来。与此同时，艾德雷斯教授发出安慰的声音，让这些恐龙安静下来，并聚拢在一起。

借着破坏者灯笼的光线，汤姆检查了发射器。很快他卸下了一个装有电子管的设备。“还不错，”他说，“这个就是他们安的遥控器，他们会在公路开放后，通过它来关闭主斥力扫描束。”

“你还必须检查其他所有的发射器。”巴德说，“现在我们还是没有弄清是谁把你的遥控设备给了他们。”

汤姆的眼睛闪出一丝严苛表情，他说：“也许麦克林先生会告诉我们。”

麦克林平静地怒视着汤姆，克罗科阴沉地揉着自己受伤的下巴，其他的破坏者有些局促不安，但什么都没说。

“嘿！有人过来了！”巴德大声说。

不一会儿，从发射器空地以外的树林后面走出来一些人影，灯笼的光线照在他们的脸上——他们是汤姆的人，卢克·奥伯走在最前面。

“我估计这些怪物是有人控制的吧？”奥伯大喊着。

他们过来后看到这些恐龙，感到肃然起敬，这些动物安静地在那里休息或者吃着多叶的植被。

“不要担心——他们不咬人。”汤姆让这些人过来。

过来的人中有一个是达西·克里尔，他的双臂被绑了起来。

“我们在离这儿不远的地方遇上了这个家伙。”奥伯说。他告诉汤姆，找到汤姆的一部分工人后，他看到天上的箭头，然后过来查看。他们听到了枪声后不久就看到了克里尔。“他被吓蒙了，坦白了他帮助麦克林的事情，”奥伯接着说，“我们在他的身上搜出了这个。”

奥伯拿出来一个小的电子设备，汤姆马上认出来这是用来遥控保护性斥力的遥控器。

“这么说来，克里尔是一个双重骗子，”巴德说，“我想我应该向你道歉，奥伯。”

这个高个子的猎人笑了一下。“对于这件事，我应该向你们道歉，我是一个私人侦探，宽吴会为我证明我身份的——我是被G国政府安排做这项工作的。”

汤姆和巴德惊讶地看着他。

“如果是这样的话，也许你能告诉我们麦克林的游戏是怎样玩儿的。”汤姆说。

奥伯点点头。说：“一旦你们的高速公路建立起来后，这意味着政府会加强对他的矿区进行管理。到目前为止，麦克林很自由，他对待当地劳工非常无情，为了自己的利益欺骗公司。一旦两个省连接起来，他就会露馅，所以他必须阻挠你的项目。”

“你是怎样发现这些的？”巴德问。

“这是我的工作，”奥伯回答说，“在G国独立以后，非钢有限公司就开始调查麦克林了，公司的职员担心他在这个新的国家里败坏自己的名誉，所以向G国政府通报了他们的怀疑，并申请派一个特工人员陪伴你们这群人，以防麦克林可能采取破坏你们项目的行为。现在你们已经把他逮住了，人赃俱获。”

汤姆向克罗科做了一个手势：“知道这个人不？”

“知道，”奥伯说，“他是一个暴力杀手，麦克林雇佣他保证当地工人老老实实。克罗科对于电子也非常在行。”

“这就解释通了谁是今天晚上破坏我们发射器的幕后黑手了。”汤姆冷冷地说。

克罗科的脸变得苍白。“我不是幕后的黑手！”他抗议说，“是麦克林，斯威夫特，他想用毒气雕像杀死你！”

“闭嘴，你这个傻瓜！”麦克林怒吼了起来。

“游戏已经结束了。”克罗科回嘴说。

“是你送的雕像！”

“是你做的整个安排——毒气和一切的事情！”克罗科大喊着，“我只是服从命令。”

汤姆的心里笑了，看到自己采取指责克罗科的计策有效了。克罗科还在不停地说着，麦克林把他派到A国去吓唬汤姆，让他远离G国。克罗科把怪娃娃送到汤姆这里，然后散发企业集团赢得了高速公路合同的假消息。这样做的目的是迫使汤姆承认或否定自己着手这个项目。麦克林通过在G国政府里的朋友了解到，宽吴会请斯威夫特企业集团承担这个项目，所以安排了从G国的档案中偷走伯洛公司的计划。

克罗科还承认他雇用了威利·贾维尔帮助他在飞机场的劫持事件、飞镖事件，还有发射铝箔“鸟”在企业集团飘落事件。

“我想你也雇用了达西·克里尔来帮助你完成这些阴谋吧？”汤姆插嘴说。

克罗科点点头，他说散发铝箔的目的就是给克里尔一个翻查汤姆文件的机会，找到他做出的各种计划。

克罗科补充说：“克里尔给我们看过他参加化装舞会的邀请函，于是我们给贾维尔冒充的机会。”

克里尔觉得自己有罪，脸一红脱口便说：“我不知道他们想要放置炸弹，所以在我发现后，我通知了你们的安全主任，汤姆！”

克里尔非常羞愧，强调说他之所以同意帮助麦克林是因为他太需要钱了。“最近的生意中损失了很多钱。”他补充说。

这个记者说，如果他能参加汤姆的探险队，并且让麦克林的人了解到工作的进展情况，他会得到很多钱。项目开工的第一天晚上，他偷偷地溜出营地，把情况告诉给他们，奥伯发现的烟头的确是他的。

“他给我们提供破坏发射器的机会的信息！”克罗科直截了当地说。

袭击者在森林中活动的时候，克罗科的人从土著那里了解到了艾德雷斯教授，并得到了他的帮助。

“你们是一群傻瓜！”麦克林气得暴发了出来，“我知道我不能信任你们！这就是为什么我今天也来了——为了确保把事情做好。你们把这一切都搞砸了，现在我们大家一起上法庭吧！”

“今天就到这里吧，”奥伯说，“我要说的是关于结案的事情，汤姆？”

年轻的发明家点点头，担心地看了一下天空说：“听着这雷声，我们最好还是回营地吧。”

大家热情地相互握手后，艾德雷斯教授和姆邦嘎带着他们的动物离开了。汤姆和自己的人把抓到的人带回了营地。在营地里，乔和亚弗正在忙着整理弄乱的东西，他们看到了汤姆和巴德格外高兴。

“我们通过斯利姆的无线电已经了解到，你一切准备得都非常好。”亚弗说。

不一会儿下起了暴雨，大家赶紧跑到帆布下面躲雨。整个一晚上和第二天早晨，大雨一直在下，天空中不时划过条条闪电。

到了下午，汤姆才能够巡视他的浮桥，他高兴地发现，浮桥一点没有受到损坏。

“你的格里格里斯真的发挥了作用，”巴德笑着说，“你，伟大的珠珠人，汤姆·斯威夫特！”

奥伯这时已经把抓到的人送到了G国了。他告诉汤姆，克里尔是A国公民，可能需要送到A国接受起诉。克罗科也会被A国的相应部门引渡回国，麦克林和其他人将会在G国接受审判。

过了一周后，空中公路完工了。在汤姆·斯威夫特最伟大的成就对公众开放的当天，G国宣布全国性的庆祝。

G国总理在西部的斜坡处剪彩，当地的名流和官员驾着汽车在空中公路行驶，形成了长长的队伍。喧闹的乐队和身穿部落服装的人跳着舞蹈，陪伴着庆祝的队伍。

对于汤姆来说，让他最满意的是当他看到G国的普通人使用上了这个长长的、贯穿这个国家的那段森林公路。

接下来，在政府大楼前，G国总理把最重要的勋章戴在汤姆的胸前。“你的空中高速公路非常了不起，把我们两个省连了起来，”他说，“非常感谢你，汤姆·斯威夫特，我们现在可以开发我们的资源，为我们的人民建造更好的生活。”

然后，总理来到艾德雷斯面前，艾德雷斯教授已经换上了一套全新的白色西服，旁边站着引以为自豪的助手——姆邦嘎，正微笑着看着他们。

“作为对汤姆·斯威夫特的奖励，这也是他的意见，”总理告诉教授，“我们为你的恐龙划出一部分国家森林作为永久性的公园和狩猎保护区，我们还计划建立起一个实验室，供你在里面做实验。”

艾德雷斯教授感谢总理，热情地握住汤姆的手。“你作为科学家的一员，”他小声说，“你知道这对我意味着什么。由于你的努力，我已经收到来自世界各地的信件，赞扬我的工作成就。”

年轻的发明家笑了：“我希望，整个世界蜂拥到你这里时，你会和我有同样的感觉。艾德雷斯恐龙公园将成为G国最大的旅游景点。”

那天晚上，汤姆和巴德吃过晚宴后，驾上了“蓝天女王”，向家的方向飞去。

“多好吃的炒豆子呀，又能回到A国,感觉真好！”乔说。

“是呀，”巴德更有同感，“又能睡到席梦思上面了，离开了潮湿的森林！你下一步打算做什么呢，汤姆？”

“好，让我想一想——现在应该是再做一次海底旅游了，是不是？”汤姆笑着，就像自己已经做出了水底跟踪器的计划一样，“看过所有的恐龙以后，我甚至想去狩猎真的海蛇。”